U0014920

日落燦陽

After The Sunset

多 希 望 我 的 擁 抱 ， 可 以 成 為 你 的 救 贖 。

雨菓 著

收錄限定番外〈屬於我的幸福〉

第一章

梁葳站在會議室的講臺上，望著在座十幾位醫院高層人士，房間裡瀰漫著嚴謹的氣氛，她不禁感到寒毛豎立。從大家凝重的表情看來，她接著要面對的應該不是什麼好事。

這間會議室是去年新建的，平時只有高層開會或討論特別病例時才會使用，就連她也是第一次踏入這個空間。

「梁醫師。」坐在前排、穿著白袍的院長開口，他的左右兩側分別坐著副院長和醫院財團理事長，後面則是幾名資深主治醫生。

「是。」梁葳點頭應聲。

「妳知道今天爲什麼找妳來這裡嗎？」

梁葳頓了片刻，搖頭，「我不知道。」

聞言，院長微微皺眉，會議室裡瞬間多了些議論紛紛的聲音。

「昨天下午三點，請問妳人在哪裡？」院長問。

「我在桃園的某位病患家中。上個禮拜我幫一位腦部受到重擊的菲律賓女工開刀，原本手術後我建議她住院觀察，但是她只負擔得起手術費，手術後隔天便遭強制出院。」梁葳據實以報，「昨天她的先生打電話給我，說她回到家後便陷入昏迷，然而他們已經沒有錢支付額外的醫藥費，所以拜託我前去一趟。」

解釋完畢後，梁葳看向院長，卻發現他的表情比剛才更面有難色，院長還來不及回應，左手邊的理事長便率先開口。

「梁醫生，妳知道在值班時間擅自離開醫院，以及幫醫院外的病人看診是違反醫院規定的嗎？」理事長臉上沒有一絲笑意。

「我明白，可是——」

「妳知道昨天下午三點妳應該在哪裡嗎？」理事長打斷她，語氣上揚。

「什麼意思？」梁葳頗爲納悶。

「昨天下午三點，妳應該在手術室，進行總統夫人的腦瘤切除手術！」理事長手掌大力地拍向長桌，怒罵道：「這麼重要的VIP，這麼重要的手術，妳居然擅自離開醫院，不但威脅到患者的健康，還讓醫院的名譽因此受損！」

「邱院長，這就是你教育出來的醫生？」理事長轉頭看向院長，激動的嗓音迴盪在會議室裡，「她根本連自己犯了什麼錯都不曉得！」

梁葳則感到有些頭疼，他到底在講什麼？

「擅自離開醫院是我的錯，我願意接受任何懲處，但是我沒有辦法因爲病人無法支付醫療費，就放他們不管。」梁葳試著保持冷靜，「至於總統夫人的手術，我想這之中可能有誤會。當初手術安排的主刀醫師的確是我，但是早在兩個禮拜前，我就已經將手術轉給楊主任了。」

梁葳的視線環顧會議室，最終停於坐在理事長身後的神經外科主任楊皓的身上。理事長轉頭看向楊皓，「楊主任，請你說明一下。」

「我不清楚梁醫師在說什麼。在昨天以前，我從來沒有和總統夫人的手術有任何接觸，我昨天才被臨時通知要進開刀房，這件事醫院系統裡的手術紀錄可以證明。」楊皓一臉不解。

聽到楊皓的回答，梁葳瞠大雙眸，不可置信地看著他，兩個禮拜前她將手術轉讓給楊皓時，他那張該死的嘴巴可不是這樣說的。

「梁醫師，這到底是怎麼一回事？」一旁沉默已久的院長也開口質問。

「我……」她想要辯解，話卻卡在喉嚨裡。

會議室裡的人相繼露出失望及不認同的表情，梁葳注意到楊皓的嘴角默默勾起一抹得意的陰險笑容。

這一刻，梁葳終於知道自己今天爲什麼會站在這裡了——她被整了。

踏出會議室，梁葳朝楊皓快步而去，一把拉住他的手臂，「楊主任，你這是什麼意思？」

「我聽不懂妳在說什麼。」楊皓故作輕鬆地笑了笑，「妳擅自離開醫院，缺席總統夫人的手術，因此被停職，這和我有什麼關係？」

看著楊皓噁心的嘴臉，梁葳巴不得痛打一頓眼前這個無恥的禿頭男。

「總統夫人的手術我在兩個禮拜前就已經轉給你了，你也答應了，爲什麼剛才要在理事長和院長面前顚倒是非？」梁葳雙拳緊握，試著壓抑內心的怒火，「你難道沒有想過，病患也許會因爲手術延誤而有生命危險嗎？」

梁葳知道楊皓不喜歡她，但她沒有料到他居然如此卑鄙。回想起兩個禮拜前，他答應接手手術時那歡喜的模樣，梁葳感到一陣反胃。

楊皓曾經是梁葳醫大時的教授，在醫界頗有名氣，但並非他醫術高超，而是他的病患許多都是社會上有地位的人物，包括政治家和企業家。一直以來，梁葳都認爲楊皓行醫的動機只是想要藉此接觸權貴，提升自身的社經價值。

在學時，梁葳曾經在楊皓的課堂上提出和他不同的見解，兩人因此有過衝突。完成住院醫生培訓後，她放棄國內公立醫院排名第一的盛宇醫院的工作機會，選擇了沅野醫院神經外科，但正所謂冤家路窄，就在同一年，楊皓被沅野醫院挖角，成爲了神經外科的主任。

梁葳原本以爲將總統夫人的手術讓給他會使彼此之間的關係好轉，不過看來是她太天眞了。

「梁葳，妳以爲妳是用什麼身分在和我說話？」楊皓口吻充滿不屑，「大律師的女兒？最年輕的主治醫生？醫界的鬼才？別開玩笑了。」

他從一旁等候區的書架上抽起今天的報紙，將報紙首頁轉向她，「妳現在不過就是個失職的醫生，過街老鼠罷了。」

望著報紙上的頭條，內容正是總統夫人手術出包的事，梁葳的心瞬間涼了一半，並終於明白理事長方才的憤怒。

沅野醫院是由台灣前三大企業之一的沅野集團所創辦的私立醫院，也是沅野集團旗下唯一一個獨立運作的產業。沅野醫院一直以來都以優良的醫生和完善的設備聞名，如今卻在關注度如此高的手術上出了紕漏，無疑對醫院的名譽產生重大的損害。

「妳只被停職算好運了。」楊皓放下報紙，冷哼道：「要不是我佛心來著，幫妳完成手術，妳現在大概已經被起訴了。說到底，妳該感謝我才是。」

「你！」

楊皓搖頭，嘖了一聲，「妳認為我虛榮，但我很成功，不但有人脈，在醫界更是地位崇高。反倒是自認清高的妳，為了一個菲律賓女工放棄總統夫人的手術，落得今天這樣的下場，妳說該怪誰？」

梁葳笑了笑，「你算哪門子醫生？」

楊皓擺了擺手，「按照理事長剛才的指令，將暫時吊銷妳的醫師執照，請妳立刻從我面前滾開，別再讓我看到妳。」

「Son of a bitch.」梁葳低聲咒罵，並扯下胸前的醫生證件，狠狠朝楊皓臉上砸去，「你這人渣根本不配當醫生。」

丟下這句話後，梁葳頭也不回地離開。

開車至台北信義區，梁葳俐落地將車子停進路邊空位，下車走入熙來攘往的人潮中。

脫下白袍，梁葳身上穿著一件白色毛衣，配上黑色緊身九分褲，腳踩黑色踝靴，雖然搭配簡單，但她生得清秀美麗，臉蛋小巧、五官立體，走在人群中顯得清新脫俗。

最後，梁葳停在一間外觀低調典雅、名爲HEAVEN的酒吧前。

自從進入醫院工作後，梁葳便鮮少踏入這種地方，她大部分的時間都奉獻給醫院和病患，甚至連睡覺都睡在醫院的值班室，幾乎沒有休閒娛樂的時間。

現在她不需要顧慮這些了，她只想放任自己，毫無保留地把情緒抒發出來。

推開門，酒吧裡便傳出震耳欲聾的音樂，迎面而來的菸酒味令她感到片刻的陌生，卻也讓她明白這就是她現在所需要的。

梁葳朝吧檯走去，向調酒師說道：「二十杯Vodka shots。」

調酒師忍不住皺眉，用遲疑的眼神上下打量著她，「妳確定？」

有哪個瘋子會一次點二十杯shots？

梁葳點點頭，掏出信用卡結帳，調酒師見她態度堅決，也不好再勸阻。

酒來了之後，梁葳一杯接著一杯喝下肚，嗆辣的口感令她有些反胃，但她沒有停下。

「該死……」梁葳低聲咒罵，心中的委屈逐漸壓抑不住，溫熱的淚水沿著臉龐滑落。

同時，她感覺頭越來越昏沉，視線也轉爲模糊，原本嘈雜的音樂變得小聲，最後什麼也聽不見。

✦

清晨四點半，外頭的天空微亮，經歷夜晚漫長的狂歡，此刻酒吧裡終於安靜下來。

「孫群，幫我叫醒那位客人。」一名正在拖地的酒吧服務生向站在旁邊的黑髮男子招手，指向趴在吧檯上不省人事的梁葳，「她一個人來，喝得滿多的，大概是失戀了。問一下地址，幫她叫台計程車。」

「嗯。」孫群點頭，朝梁葳走去。

「小姐，我們要關門了。」孫群雙手覆上她的肩膀，輕聲道：「妳家在哪？我幫妳叫車。」

梁葳無動於衷，直到孫群重複同樣的問題好幾遍後，她才含糊不清地說了一串地址。

孫群將梁葳的手搭在自己的肩上，扶她走出酒吧，並掏出手機撥打計程車隊的電話。

「楊皓你這個該死的王八蛋……」梁葳靠在他肩上，嘴裡呢喃道。

孫群無奈一笑，看來她是眞的失戀了。

梁葳大概永遠都不會知道，其實她與孫群的第一次相遇，並不是在那個街口。

再次醒來時，梁葳第一眼看見的是米白色的天花板，以及一盞華麗的水晶吊燈，下一秒，宿醉的頭痛和暈眩席捲而來。

「這是哪裡……」梁葳喃喃道，同時心想這裡絕對不是醫院，值班室的床沒有這麼舒服。她單手撐起沉重的身子，環顧四周，「原來是在家裡啊。」

她平時手術滿檔，經常直接待在醫院過夜，這才一時間認不出自己的住處。

不過她是怎麼回來的？

梁葳努力回想，記憶卻停留在自己喝完第十五杯shot，接下來一片空白。

她煩躁地嘆了口氣，下床朝浴室走去，想要洗掉身上殘留的菸酒味。不料一走進浴室，她立刻被鏡中的自己嚇了一大跳。

眼睛腫得不像話，臉色難看，頭髮更是亂到不行，她這輩子沒這麼狼狽過。

她昨天喝醉後到底做了什麼？

見狀，梁葳連忙走進淋浴間洗淨全身，再喝下一大杯開水補充水分，並順手打開電視，新聞臺爭相報導的消息依舊環繞著總統夫人的手術。

「第一夫人王玲日前在沅野醫院進行腦部腫瘤切除手術，術前主治醫師無故缺席，造成手術延遲，最後由神經外科主任楊皓代為執刀，幸好手術很成功，今天早上已經轉回普通病房，預計一週後就可以出院。」

「沅野醫院是國內首屈一指的私立醫院，昨日沅野醫院理事長李歐親自出面道歉，為這次的疏失做出解釋。據了解，原本預定執刀的醫生在手術前無預警病倒，並非故意缺席。手術後已恢復意識的王玲也表示，很感謝醫院臨危不亂的處理態度……」

梁葳看著電視畫面冷冷一笑。

理事長果然是隻老狐狸，肯定花了不少錢收買媒體，才將原本的負面新聞變成正面宣傳。不過她想自己也該感謝他，畢竟她的名字沒有在媒體上曝光。

不然她的醫生生涯將如楊皓所言，到此爲止了吧？

「呵。」對於自己的想法，梁葳不禁覺得可笑。

關掉電視，梁葳看向沙發旁的電話答錄機，上頭閃爍的紅燈表示留言已經額滿。她按下按鈕，隨之響起的是她遠居在美國的母親的聲音。

「葳葳，妳最近還好吧？我打了好多通電話給妳，可妳都沒接。妳啊，別整天只忙醫院的事情，也該懂得照顧自己……」

「葳葳，我今天和我一個高中同學見面，她還帶了她的孫子來，長得眞可愛。妳什麼時候要讓我抱孫子？」

「葳葳，偶爾回媽媽一通電話吧。我知道妳醫院的工作很忙，但好久沒跟妳說話了……」

梁葳不由得一怔，的確，她好久沒有和母親說話了。

在梁葳高中畢業的那一年，父母親決定移民到美國生活。她的父親是知名律師事務所的合夥人律師，與台灣各大企業都有合作關係，退休後決定搬到美國舊金山定居。當時，梁葳的父母希望她能一起去美國念大學，但她早已決定要留在台灣學醫。

倏地，下一則留言開始播放，已不再是母親的聲音。

「梁醫生，我是王先生。我太太已經醒來了，情況也好轉很多。那天眞的很謝謝妳，如果沒有妳，我不知道該怎麼辦才好，眞的太感謝妳了……」

聽著男子笨拙卻眞摯的道謝，梁葳耳邊響起昨天楊皓那番刺耳的話。

「妳認爲我虛榮，但我很成功，不但有人脈，在醫界更是地位崇高。反倒是自認清高的妳，爲了一個菲律賓女工放棄總統夫人的手術，落得今天這樣的下場，妳說該怪誰？」

也許楊皓是對的，她確實爲了一個菲律賓女工，失去了這些年她努力的一切。

可是，她一點也不後悔那天的決定。

第二章

早晨的陽光由落地窗照射進房間的角落，梁葳在大床上翻了翻身，拉起棉被蓋住臉，與醫院值班室的硬床墊相反，家裡舒適的大床讓她完全不想醒來。

她伸手拿起手機瞥了一眼時間，閉上眼低喃：「居然八點了。」

自從當上醫生之後，對梁葳而言，睡眠是一直都是奢侈品，平時她一天睡不到三個小時，久而久之也習慣了。

此時房間裡只有空調運作的聲音，沒有病人和醫生的對話聲、沒有令人心慌的緊急鈴聲、沒有廣播，輕鬆且安寧的氣氛反而令她不適應。

梁葳不想淪陷在這股閒逸之中，便逼自己從床上起身，快速梳洗完畢後，她換上慢跑裝備出門晨跑。

她兩耳掛著耳機，朝附近的公園走去。現在這個時間點，早晨運動的人潮已經逐漸散去，取而代之的是準備上班和上學的人群。

她跑了大約一個小時，才離開公園，順道去超商買瓶礦泉水。

早上九點，正值交通尖峰時刻，路上車水馬龍。梁葳靠在超商外的牆壁上，聆聽音樂，靜靜地望著面前來來往往的人們。

這就是失業者的生活嗎？

她平時忙得要命，連吃飯的時間都沒有，現在卻可以休閒地觀察路人，梁葳突然對自己的行爲感到好笑。

她直起身，準備回家，忽然耳邊傳來一陣巨響，伴隨在後的是人群恐慌的喊叫聲。

梁葳拔下耳機，不安地回過頭，只見上一秒安寧祥和的街口，此刻混亂一片。

一台機車倒在十字路口中央，騎士被甩到幾公尺外，更令人觸目驚心的是，爲了閃躲其他機車和車輛而撞到安全島上大樹的黑色轎車。

只見車子的前半部已經全毀，駕駛座上的女人似乎陷入昏迷，人趴在方向盤上一動也不動。緊接著，車頭開始冒出黑煙，橘紅色的火苗竄起。

梁葳愣在原地。

她是醫生，看過無數傷患，卻是第一次目睹車禍事故現場。

孫群快要累昏了。

他清晨四點半從酒吧下班，五點回到租屋處，七點去早餐店打工，現在九點則要趕去一個準備報考醫學系的重考生家裡當家教。

今天總共只睡兩個小時，孫群走在路上，感覺自己的眼睛快要闔起來了。

前方路口的紅燈亮起，孫群下意識地想趁空檔閉上眼睛休息。然而，他知道自己一旦闔上眼就會立刻睡著，因此只能強撐著眼皮，藉由耳機裡震耳欲聾的電子音樂讓自己勉強保持清醒。

忽然一輛機車從他的右側奔馳而去，他還沒意識到機車騎士闖紅燈，下一秒的畫面便令他瞬間睡意全消。

碰！

原本直行的轎車為了閃躲機車騎士，將方向盤猛然往右打，一道刺耳的煞車聲劃破早晨的寧靜安詳，隨之而來的是轎車因失去控制撞上安全島的劇烈碰撞聲。

見狀，附近原本行駛中的車輛全都緊急煞車，場面瞬間變得混亂不已。

圍觀的民眾似乎都怕那台車子會起火爆炸，所以沒人敢靠近。

孫群看著黑煙迅速掩蓋住車子，他心中那個不願意想起的噩夢，彷彿和眼前的景象重疊了。

「怎麼辦，那個人還活著嗎？」

「天啊，車子毀得好嚴重⋯⋯」

「應該先把人救出來吧，可是我不敢過去⋯⋯」

孫群聽著旁人的對話，身體反射性往那台半毀的轎車快步跑去，不顧車身被火燒得滾燙，伸手就把扭曲的車門打開。

駕駛座上的女人滿臉都是鮮血，奄奄一息地趴在方向盤上，除了明顯的頭部外傷，孫群判斷她身體大概也有幾處骨折。這讓他遲疑了片刻，萬一她有內出血，此時移動她反而會讓傷勢更嚴重。

孫群伸手探了一下女子的呼吸——停止了。

眼看火勢越來越大，孫群快速確認女子的脊柱骨沒有斷裂後，便小心翼翼地將她從變形的車體中抱出，平放在大馬路上。

孫群抬頭看了一眼周圍的民眾，鎖定了一名戴著眼鏡的男子，「先生，請你打電話叫救護車，好了之後跟我說一聲。」

當人多的時候，責任感也會跟著分散，所以就算是叫救護車這種看似理所當然的事情，大家心裡容易假設已經有人這麼做了，而將責任推到別人身上。面對這種情況，他必須確定有人叫了救護車，才不會令傷者陷入更多危險。

「好、好！」男子連忙點頭，掏出手機叫救護車。

同時，孫群開始爲那名女子進行CPR。他全神專注，每個動作都很流暢專業，一看就不是高中健教課的程度。隨著分秒過去，他的額上逐漸布滿汗水，手上動作卻絲毫未停。

一旁的民眾都看得出來，他非常努力想救活那名女子。

回過神後，梁葳飛快往那個街口跑去，並努力擠進圍觀的人群中，「不好意思，借過一下，我是醫生。」

照剛才車禍的情況，梁葳推測傷者的傷勢肯定不輕，極可能需要她出手急救，當她終於撥開人群時，卻看見一位年輕男子已經在爲傷者急救。

他施行CPR的技巧熟練標準，且全神貫注。

梁葳盯著他看，不自覺回想起小時候住院時，她總覺得醫生就像披著白袍的超人，認眞又迷人，於是從小就立志長大後也要成爲一個幫助人的醫生。

在進入醫院工作後，梁葳才發現，這個世界上並不是每個醫生都抱持著單純想要救病患的心態，有的人的陰險、有的人現實、有的人令她感到厭惡。

在這樣的環境下，即使梁葳再怎麼努力保護那股想要成爲醫生的初衷，她總覺得心中的熱忱正慢慢淡去，這讓她感到害怕，怕某天她會成爲自己最看不起的那種醫生。

不過看著眼前這位陌生男子幫傷者做急救的模樣，梁葳頓時感到一股久違的心動。

倏地，男子停下了CPR的動作，伸手上前探了一下女子的呼吸，如釋重負地深吐了一口氣。

總算活過來了。

不過正當他打算再次移動女子時，手腕卻被人抓住。

梁葳擰起眉頭，上前查看女子的傷勢，「她的肋骨看起來有幾處斷裂，內臟可能因爲撞擊破裂，脊椎應該沒事，最好不要動她，等救護車過來。」

孫群先是一愣，接著點頭，「嗯。」

從梁葳所說的話，以及她的反應來看，她似乎很知道該如何應對這種情況，因此他沒有異議。

「叫救護車了嗎？」梁葳又問。

「叫了叫了！」剛才被孫群要求打電話的男子立刻回應。

不久後，救護車的鳴笛聲逐漸逼近，急救人員小心謹愼地將女子抬上救護車，警車也在同一時間趕到。

「從車禍發生到現在約十五分鐘，傷者頭部受到撞擊陷入昏迷，估計腦部有內出血、肋骨骨折，內臟可能有破裂，十分鐘前傷者一度停止呼吸，經過CPR急救後已經恢復。」梁葳向救護人員報告。

正當醫護人員準備關上救護車門時，梁葳眼角餘光瞥見正準備離開現場的孫群，連忙攔下他，「你比較了解傷者的狀況，爲了以防萬一，必須請你一起前往醫院，方便告知急救人員詳細情形，待會警察也會來醫院爲你做筆錄。」

她不給孫群思考的時間就將他推上救護車，並問急救人員：「請問你們要送哪所醫院？」

「沅野醫院。」救護人員回答。

聽見這熟悉不過的名字，梁葳忍不住笑了。

來到醫院，看著女子被送進手術房之後，梁葳終於鬆了一口氣。回到急診室，警察正在爲孫群做筆錄。

同時，梁葳也注意到他左手指尖紅腫，似乎是燒燙傷。

「謝謝你的協助。」警察慎重道：「如果未來有需要，警方會再聯絡你，到時候希望你能夠配合。」

「嗯。」孫群點頭。

雖然表面上這樣回答，但孫群一點都不想再跟這件事扯上關係。他自己就有太多事要煩惱了，哪來多餘的時間和精力去管其他人的事？

早知道剛才救護車抵達前，他就應該立刻離開現場。

事發至今已過了一個多小時，他的手機不知道響了多少遍，只是礙於事態緊急，不方便接聽。其實就算現在趕過去家教學生家裡，也無濟於事吧，尤其學生的母親又特別嚴苛，自從兒子高分落榜盛宇醫學系後，她每天逼迫兒子關在房間裡念書。上次孫群不過因爲前一份工作延誤而遲到了幾分鐘，便被她狠狠訓了一頓。

他低低嘆了一口氣，眞的好累……

正當他打算離開醫院時，手腕卻被人拉住，回頭一看，是那個把他推上救護車的女人。

怎麼又是她？

一想到自己因爲她而浪費了這麼多時間，現在再次被她莫名其妙攔下，孫群的語氣不自覺有些冷淡，「有什麼事嗎？」

他漠然的反應令梁葳愣了愣，這跟剛才讓她看到出神的男人是同一個人嗎？

梁葳以爲孫群會是一個陽光又充滿熱忱的人，可是此刻他身上所散發出的氣息盡是淡漠，彷彿先前那個認眞救人的英雄只是她的錯覺。

孫群有一張線條分明的臉龐，濃眉、高挺的鼻梁、薄唇，那雙漂亮的內雙眼眸深邃如海，他留著一頭乾淨的黑色短髮，身高至少有一百八十公分以上，高䠷的身材讓普通的衣服穿在他身上顯得格外好看。他肩上背著背包，梁葳猜他應該還是學生。

梁葳很快收回思緒，拉起他受傷的左手，「你的手燙傷嚴重，必須消毒包紮，不然很容易感染。」

這時孫群低頭看向自己受傷的手，微微擰起眉。這應該是打開車門時被燙傷的，可是他卻一點疼痛的感覺也沒有。如果不是她提起，他可能一整天都不會注意到。

不等孫群回應，梁葳將他拉到一張空的病床坐下，順手拿起一旁醫療推車上的醫療用品，熟練地爲他清理傷口，輕聲道：「會很痛，忍一下吧。」

孫群沒有吭聲，只是靜靜地看著她動作。

她是醫生嗎？或者是醫學系的學生？畢竟她看起來很年輕，感覺還不到三十歲，是學生也說得過去。

「好了。」她抬起頭，「回家記得要換藥，傷口不可以碰水。」

他低頭看了一下自己纏著繃帶的手，「謝謝。」

「應該是我要向你道謝才是。如果沒有你，傷者根本不可能撐到救護車到達。」梁葳彎起嘴唇，「幸好有你。」

孫群看著她的笑容，有些出神。

他之後回想起來，也許一切的開端就是這個笑容吧。

梁葳轉身將醫療用品歸回原位，突然便被一旁的護理師叫住，「梁醫師，院長請妳去他的辦公室。」

聞言，梁葳瞬間臉色一沉，院長怎麼會知道她人在醫院？

梁葳能從護理師眼中捕捉到她對自己的偏見，理事長將新聞壓了下來，卻無法阻止醫院裡的流言蜚語。

梁葳手術缺席。

梁葳違反醫院規定。

梁葳被停職。

梁葳跟楊皓鬧翻。

梁葳害醫院名譽受損。

她沒有多言，逕自走進院長辦公室，院長正面有難色講著電話，用手勢示意她稍等。

等院長掛上電話後，梁葳冷淡地開口：「有什麼事嗎？院長。」

院長對她來說，不單單只是醫院同事，還是令人尊敬的長輩。她從小身體就虛弱，三天兩頭跑醫院，身為父親的好友，院長始終特別照看她，也激發了她想要成為醫生的念頭。

然而那天在會議室裡，院長一句話都沒有說，只是皺著眉頭看她，彷彿對她感到失望。

他不相信她。

所有人都不相信她。

大家都相信了楊皓的謊言。

「葳葳。」院長喚她的小名，走到她身邊，「最近還好吧？」

「很好。」梁葳回避他的視線，「離開醫院後，我每天睡到自然醒，也不用承擔手術的壓力，這麼說來，我好像應該謝謝理事長給我這段長假。」

院長聽出她話中的嘲諷，嘆了口氣，「葳葳，我知道是楊皓故意整妳。」

梁葳抬頭，眼裡多了些震驚。

「我從小看妳長大，妳是個怎麼樣的人，我會不清楚嗎？」院長眼中流露出慈愛，神情帶著些無奈，「可是我沒有證據能證明妳是無辜的，況且這件事又牽扯到總統夫人……理事長這個人妳也曉得，他最在乎的就是醫院的名聲，所以這次只能委屈妳了。」

院長摸了摸她的頭，就像爸爸在哄女兒似的。

梁葳抿抿唇，鼻頭一酸。至少，還有一個人相信她。

「我會和理事長好好談談，要他縮短懲處的期限，讓妳早點復職。」院長微笑，「妳是一個好醫生，如果我是妳，我也會不顧醫院的規定，去幫助有需要的病患。」

「謝謝你，院長……」

「不過這段時間妳沒有薪水，肯定挺麻煩的。」院長語氣多了一絲嚴肅，「其實我找妳來，還有另一個原因。」

他帶著梁葳進到一間單人病房，在看見病床上的男子時，她驚訝地瞠大眼，「王教授？」

男子戴著氧氣罩，頭部包著繃帶，臉上有多處擦傷和瘀青，肋骨似乎也斷了好幾根，右腿更是打著石膏，跟她記憶中的模樣截然不同。

「嗯。」院長點頭，「前天他駕車在高速公路上和一台廂型車相撞，手術後性命無礙，目前尚未清醒，就算醒來，他也不可能在短時間內回學校上課，這就是我找妳來的另一個原因。」

「什麼意思？」

「盛宇醫學院的院長打電話給我，說系上急需一名暫時頂替王教授的代課老師。」院長看向她，「妳願意嗎？」

「我？」梁葳連忙搖頭，「院長，我是醫生，不是老師。」

「我倒覺得妳很適合。妳是王教授的得意門生，當初還是他推薦妳進來我們醫院的，再者妳也是盛宇的畢業生。由妳來暫代教職，王教授一定會欣然同意。」

梁葳的目光落向病床上的王教授，他是她在醫大最尊敬的老師，如果是為了他……

梁葳深吐出一口氣，點頭，「好吧。」

「謝謝妳，葳葳。」院長欣慰一笑。

離開病房後，梁葳回到急診室，卻不見方才那名男子的身影，心中不禁湧上一股失落的情緒。

✦

孫群走進醫院的電梯，下意識按下五樓的按鈕。幾秒後，電梯的門緩緩開啓，護理站掛著燒燙傷中心的指示牌，迎面而來的刺鼻藥水味，讓他內心浮現一陣既熟悉又難言的悲傷。

他佇立在電梯門外，眼神看向前方的走廊。

「咦，孫群？」

回頭一看，孫群連忙向喚他的女子點頭問好，「張護理師。」

「好久沒看到你了！」張護理師一臉驚訝，「是來看媽媽的嗎？」

孫群遲疑了幾秒，緩緩點頭，「嗯。」

「你媽媽最近狀態不錯，不用擔心。」張護理師拍拍他的肩，「你眞的很孝順，你媽媽一定很自豪有你這樣的兒子。」

孫群沒有回答，只是努力扯出一抹笑。

張護理師走遠後，孫群又看了一眼走廊，卻沒有往母親的病房走去，而是走進電梯，離開醫院。

「你媽媽一定很自豪有你這樣的兒子。」

不可能吧？就連他看著現在的自己，都覺得可悲。

不論是母親或是自己，都沒有想過有一天他們會以這樣的方式苟延殘喘。

他常想，如果他一開始就對母親坦白所有事情，沒有任何隱瞞，是不是一切會不一樣？

這時口袋裡傳來手機震動的聲響，是家教學生的母親傳來訊息。

「現在都幾點了，你人呢？你知不知道我兒子再過不久就要考試了，現在每分每秒對他來說都很重要！你以後不用來了！反正醫學系的學生多的是！」

看著這封訊息，孫群自嘲地笑了笑。

爲了救人失去工作，值得嗎？

他不知道。

第三章

「我是梁葳，這學期將會代替車禍靜養中的王教授成爲你們的導師。」

梁葳站在講臺上，向臺下的學生自我介紹，充滿自信魅力，完全沒有新手的生疏與膽怯。

她身穿一件白襯衫，搭配黑色緊身褲子，腳上踩著一雙黑色細跟踝靴。她臉上畫著淡妝，黑髮隨意披散在胸前，不同於醫學系教授一板一眼的刻板印象，她清新幹練的模樣讓臺下的學生看得有些痴迷。

「在教學方面，我絕對沒有王教授專業，但我會盡我最大的努力，請各位同學多多指教。」

「老師，妳的本業是什麼？」一名外型陽光的男同學笑著發問，一看便知是帶動班上氣氛的角色。

梁葳看了一眼班表名單，記住了男孩的長相與名字——劉育懷。

「我是沅野醫院神經外科的醫生。」梁葳莞爾一笑，「其實，我也是你們的學姊。你們現在所修的每一堂課、經歷過的每一個環節，我都有經驗。如果各位對於課業或是未來有任何疑問，歡迎來找我，我會盡我所能幫助你們。」

「等等，妳該不會就是傳說中的粱葳吧……那個五年就從醫學系畢業的天才、最年輕的主治醫師？」另一名男同學面色驚訝地舉手。

粱葳忍住嘴角的笑意，點點頭，「嗯。」

「眞的假的！」

「我也好想讀五年就畢業喔！每天念書念到都快煩死了！」

「妳是怎麼辦到的？天生比別人聰明嗎？」

粱葳聳肩，眨眼打趣道：「也許吧。」

臺下響起一片笑聲，學生們紛紛起鬨，要粱葳分享提早畢業的祕訣，教室裡氣氛一片和樂融融。

上午的班導課順利結束，令粱葳放鬆不少。中午她獨自在校園裡的餐廳用餐，並著手準備下午的正式課程。

一走進教室，臺下數十雙眼睛直盯著她看，她拿起班表，「今天是我第一天教課，希望可以多了解各位同學，讓我記住你們的名字。」

粱葳一一點名。

「劉育懷。」念到這熟悉的名字，粱葳抬頭，輕而易舉地在講臺不遠處找到了那個戴眼鏡的男孩。

劉育懷連忙舉手應聲：「在。」

梁葳滿意地點頭，並繼續往下點名。

「孫群。」

回應她的是一陣沉默。

「孫群。」梁葳重複念了一次。

抬頭看了一眼臺下，梁葳的視線正好停留在劉育懷身上，只見他低聲咒罵了一句，並撇過頭，用手擋住臉，小聲說道：「到。」

梁葳皺起眉頭，故意又念了一遍：「孫群？」

「到。」這回劉育懷稍微大聲了些。

見狀，梁葳放下手中的點名簿，緩緩走下講臺，鞋跟與地板接觸發出響亮的聲音，隨著腳步聲逐漸逼近，劉育懷的表情隨之變得緊繃，視線刻意看向別處。

梁葳在劉育懷的座位前停下，彎下身子，微笑問：「所以你到底叫劉育懷，還是孫群？」

聽見她的問題，全班瞬間哄堂大笑。

「哈、哈哈。」劉育懷尷尬地扯了扯嘴角，心虛道：「劉育懷……」

「下課到我的研究室來。」梁葳丟下這句話，帥氣地走回講臺。

講課結束，劉育懷便拎起包包追在梁葳身後跑出教室。

「老師，對不起啦！」劉育懷雙手合十，滿臉歉意，「拜託妳原諒我這次吧，我眞的不是故意的……我只是很害怕。」

直到來到研究室門前，梁葳終於正眼看他，「害怕什麼？」

劉育懷瞄了梁葳一眼，訕訕道：「我怕孫群再缺席，會被當掉。」

「你好像應該先擔心你自己吧。」梁葳皺起眉頭，「劉育懷，你這堂課已經被當兩次，再這樣下去，你可能七年都畢不了業。」

「我沒差啦……」劉育懷小聲嘟囔。他本來就不想當醫生，念醫學系只是爲了延續家裡世代都是醫生的傳統。

「你和孫群是什麼關係？你幹麼這麼擔心他？」

梁葳今年才二十八歲，也才剛從醫學院畢業沒多久。對劉育懷而言，他與梁葳的這場對話比較像是在和朋友聊天，而非與師長談話，這讓他減少了一些不必要的緊張和隱瞞。

「孫群是我從高中到現在的死黨。」

「那他今天怎麼沒有來學校？」

劉育懷嘆了口氣，「我也很想知道……」

梁葳從口袋裡拿出鑰匙打開研究室的門。在代課的這段期間，學校分派給她一間私人研究室。

「你等一下有課嗎？」

「嗯？」劉育懷一愣，趕緊搖頭，「沒有。」

「其實我一點都不在乎你幫別人點名。我曾經也是學生，蹺課、幫別人點名這種事情我也做過。」梁葳故作失望，「只是我才剛上任第一天，你這麼做好像不太給我面子。」

劉育懷慚愧垂首，再次道歉：「對不起。」

「幫我個忙吧？就算賠罪。」梁葳邀他進研究室，舉目所見的是幾乎疊成一座小山的紙箱，裡面裝的全都是醫療相關書籍。

「這些是……」

劉育懷看著快要被箱子埋沒的房間，一個人整理的話，確實不知道得花多少時間才能完成。

「我的書和教學會用到的課本。」梁葳將手中的物品放到辦公桌上，從紙箱裡拿起一疊書，走向空無一物的書櫃，「幫我把書擺到書櫃上。」

「喔、好。」劉育懷點頭，隨即拿起一疊書。

「中文書和英文書分開放，英文書要按照作者姓名排列。」她補充。

劉育懷眨了眨眼，「我知道了。」

今天醫學系最大的八卦無疑是眼前這位新任職的天才學姊。雖然很多人認爲梁葳太年輕，不夠格當醫學系的老師，但是在看到這些書後，劉育懷心想，她完全有資格，畢竟他可能一輩子都看不完這麼多書。

經過了一個小時的努力，紙箱裡的書籍和物品終於全數放置到書架上。看著整齊乾淨的研究室，梁葳露出滿意的微笑。

「謝謝你。」她看向劉育懷。

「不客氣……」劉育懷對著這一面書牆嘖嘖稱奇。

「我請你吃飯吧？算是答謝。」

劉育懷連忙搖頭，拾起地上的包包，「不用了，本來就是我有錯在先，而且學生幫老師做事理所當然。我等一下要去醫院見習，就不打擾老師了。」

「好，那下次吧。」

梁葳爲他推開研究室的門，碰巧看見對面研究室的男教授正在斥訓一名男學生，氣氛有些緊繃。

男教授臉色很難看，能聽出來他努力壓抑自己的情緒，字句間卻還是散發出濃烈的怒火。男學生背對著她，從頭到尾一聲不吭。

「你這學期出席率不到五成，就算有來上課，也都是在睡覺。你這種學習態度對嗎？你這樣不但對師長不敬，更對醫生這個職業不尊重！你眞的想當醫生嗎？你這個樣子，有哪個病人願意把性命交給你！」

男教授的聲音越來越大，最後整個走廊都是他的回音。

一瞥見梁葳，男教授連忙叫住她，「梁醫師，妳來得正好。這是妳班上的導生，帶回去好好管教一下！」

梁葳還來不及回應，一旁的劉育懷反倒先開口：「孫群……」

男學生順著聲音回頭，映入眼簾的俊秀面容使梁葳愣住了——是那名幫車禍傷患做急救的男子。

梁葳坐在辦公桌前，看著昨晚印出來的導生個人資料。

孫群，二十四歲，醫學系五年級，以指考滿分的成績錄取第一學府盛宇大學醫學系。

大一和大二時擔任系學會幹部，曾多次代表學校出國比賽，暑假期間也做過教授的研究助理，不但是系上的風雲人物，也是眾人眼中非常有潛力的優秀學生。

大三時，他因爲家庭因素休學一年。再次回到學校後，他彷彿徹底變了一個人，成爲師長眼中的麻煩人物。

他的出席率總是低於要求，考試缺考、作業遲交、上課睡覺，雖然最後總成績都在平均之上，沒有面臨被當掉的危機，操行成績卻差得嚇人。

那天在車禍現場，從他熟練的急救技術可以看出他受過專業的訓練，但她沒有料到他竟然是盛宇大學醫學系的學生，而且還是她的導生。

梁葳抬頭瞥了一眼坐在她正前方的孫群，不禁眉頭微蹙。

他居然睡著了？

孫群雙手交叉在胸前，閉眼垂首，長而微卷的睫毛掩蓋了眼下的烏影，輕輕地顫抖著，眉宇間掛著幾絲皺痕，表情有些不安寧。

梁葳放下手中的資料，紙張與桌面接觸所發出的細微聲響使孫群猛然驚醒，他抬起頭，那雙深邃的黑眸筆直迎上她的視線。

互看了幾秒後，梁葳率先打破沉默，「你的手好點了嗎？」

孫群原本以爲梁葳會像其他教授一樣對他訓話，沒想到她第一句話卻是先關心他的傷勢，他一瞬間反應不過來，愣了幾秒才點頭，「嗯。」

「那就好。」梁葳微微一笑，「我好像還沒自我介紹吧？我叫梁葳，是沅野醫院神經外科的醫生，這個學期會暫時代替出車禍的王教授教課。」

孫群臉上浮現驚訝，雖然那天在醫院就見識到她的專業，但他沒有想過她居然眞的是醫生，而且……這學期還是他的導師？

「王教授出車禍了？」孫群皺眉。

「看來你眞的很久沒來上課了。」他的問題讓梁葳無奈一笑，她左手托著側臉，另一手翻了翻他的個人資料，「你上個學期的出席率只有百分之六十，離學校要求的百分之八十還有一段距離，可是因爲你的修課成績都很高，所以學校破例讓你在下學期補回你的出席率。這代表你這個學期的出席率要接近百分之百，才能到達平均門檻。」

孫群已經數不清這是他第幾次聽到這些話了，頭不禁開始隱隱作痛。

「爲什麼不來上學？」

「我要打工。」

「不能排在沒有課的時段打工嗎？」

他冷淡道：「我需要錢。」

「爲什麼？」她不自覺脫口而出。

聞言，孫群臉色一沉，「我好像沒必要向妳報備吧。」

他眼神宛若一灘死水，渾身散發出一股令人窒息的冷漠，甚至比那天在醫院時更加疏離。梁葳一怔，雙目直盯著他，喉嚨像是被東西卡住一樣，一句話也說不出來。

見她沒反應，孫群瞥了一眼腕上的手錶，「我等一下還有事，如果老師妳沒有其他事情，我先走了。」

不知道爲什麼，「老師」這個詞從他嘴裡說出來，顯得莫名刺耳。

不等梁葳反應，孫群起身，從她的研究室離開，梁葳就這麼看著他高眺的身影消失在視野裡。

怎麼會有這樣的人？

這是第一個闖進她腦海中的想法。

只是當時她並不知道，原來孫群冷漠的眼神下，隱藏著如此沉重的傷痛。

第四章

「葳葳！」

梁葳一走進咖啡店裡，坐在角落的女子立刻興奮地向她揮手。見對方誇張的舉動，梁葳噗哧一聲笑了出來，加快腳步朝那女子走去。

「好久不見，曼恩。」梁葳拉開女子對面的空位坐下，看向她的無名指，開玩笑道：「這麼急著向我炫耀妳的戒指啊？」

林曼恩配合地舉起左手，眨了眨眼，「怎麼樣，不錯吧？」

「嗯，很漂亮。」梁葳真心讚美，「沒想到王哲那麼死板的人居然這麼浪漫，不但帶妳去峇厘島度假，還包下了整座海灘向妳求婚。」

「眞的！交往了十年都沒動靜，我一度以爲這輩子可能都等不到他開口求婚。」林曼恩誇張道。

林曼恩是梁葳的高中同學，也是她最好的朋友。

上個禮拜林曼恩打了一通電話給梁葳，告訴她自己和王哲訂婚的好消息，順便約了見面。

林曼恩和王哲從高中就是班對，不過在別人眼裡，他們並不相配。

林曼恩是學校有名的美女，長得漂亮、個性大方，又很有時尚品味，是眾多男生們愛慕的對象。相反的，王哲是個標準的斯文書生，性格老實沉穩，成績永遠排在霸占第一名寶座的梁葳之後，和活潑愛玩的林曼恩完全搭不上邊。

但這就是所謂的正負極吸引吧？

「你們打算什麼時候結婚？」

「我當然想越快越好啊，畢竟都交往這麼多年了。」林曼恩嘆了一口氣，「可是王哲最近公司很忙，他父母也都還在國外，不確定什麼時候才有空辦婚禮。」

王哲是軟體工程師，林曼恩則是服裝設計師。林曼恩對於穿著一直都很講究，對時尚也很感興趣，大學選擇服裝設計系就讀，畢業後也順利進入一家知名服飾品牌工作。

「這樣啊……」梁葳點頭。

「妳最近還好吧？我聽說妳工作的醫院出了點事……」林曼恩望著她，眼中多了絲擔心。

「我被停職了。」梁葳輕描淡寫地帶過。

「什麼！」林曼恩瞬間瞪大眼睛，激動地問：「那妳現在怎麼辦？被停職不就沒有薪水？妳怎麼生活？什麼時候才可以回醫院？」

梁葳笑出聲，「放心，院長幫我找了一份暫時的工作，我以前大學的教授出了場嚴重的車禍，我這學期會去盛宇醫學系幫他代課。」

「那就好。」林曼恩鬆了口氣，「如果有什麼需要，一定要告訴我，知道嗎？」

「遵命，曼姊。」梁葳打趣道。

這是高中時期大家對林曼恩的稱呼，因爲她是一個非常有架勢的人，在學校也是風雲人物，任何好玩的事總是她帶頭，就像大姊頭一樣。

「從另外一個角度看，當老師也不錯啊。」林曼恩啜了一口茶，「如果妳現在還是醫生，我們怎麼可能坐在這裡悠閒地喝下午茶，我之前一直很擔心妳把身體累壞。」

「也許吧。」梁葳聳肩，「我現在每天都睡得很飽，感覺確實不錯。」

這句話是眞心話。

「說到這，我們應該快一年沒見面了吧？」林曼恩勾起一抹曖昧的微笑，挑眉，「有沒有新的男人要跟我報告一下？」

「怎麼可能。」梁葳無奈搖頭，「手術、門診就快把我累死了，睡覺都不夠，哪有時間交男朋友。」

「葳葳，我眞的很擔心妳。」林曼恩嘆息，「依妳這種長相和條件，要嫁入豪門當少奶奶明明很容易，我不懂妳爲什麼要選擇當醫生。」

「我不想當少奶奶啊。」梁葳笑出聲。

當醫生是她從小的夢想，而且與其追求金錢無虞，她寧願活得有意義。

「我只是舉例。以前一堆男的追著妳跑，妳都不感興趣，身爲醫生又讓妳忙得沒辦法好好談戀愛，妳該不會眞的要小姑獨處一輩子吧？我們班上一半的女生都已經結婚了，就連之前那個超討人厭又愛找妳麻煩的方家妍都嫁了！妳可別被那種三八比下去啊！」

「順其自然吧。」梁葳不甚在意地說。

「妳該不會還忘不了妳前男友吧？」林曼恩狐疑地看了她一眼。

梁葳一怔，連忙否認，「拜託，那種爛男人我早就忘了。」

「Good！我之前還擔心妳沒交男朋友是因爲他。」林曼恩笑得別有含意，「妳以前沒有時間，不過現在有空啦！」

梁葳知道林曼恩那個微笑的含義。以前她們高中時期出去玩時，林曼恩都會露出同樣的笑容。

「我們晚上出去吧？」

果然如她所料。

「妳不是要結婚了嗎？」梁葳笑出聲，「我不相信王哲會答應讓妳去。」

「就是因爲快結婚了，才要去啊！」林曼恩理所當然地說道：「拜託，我馬上就要告別自由之身了，當然要在那之前好好放縱一下，當了人妻之後再去多彆扭啊！」

梁葳默默嘆了一口氣。

認識十幾年，在這方面，她從來就沒有爭贏過林曼恩。

HEAVEN酒吧裡面播放著震耳欲聾的電子音樂，空氣中瀰漫著濃厚的酒精和香菸味，四周坐滿了週末出來狂歡的年輕人。

儘管梁葳是名列前茅的資優生，卻不是刻板印象中只會死讀書的書呆子。她天生性格活潑外向，再加上交了林曼恩這種玩咖朋友，喝酒、夜唱、上夜店，學生時期的她一項都沒少做過。

在梁葳的觀念裡，人只要有自制力，玩樂並不是壞事，也因爲她的自制，她才能考上盛宇醫學系，甚至成了眾人口中的傳奇，在五年之內就順利畢業。

不過這幾年隨著醫院的工作越來越忙碌，梁葳鮮少踏入這種場所了，上一次來到這裡，是她被醫院停職的時候。

想到那天晚上喝醉的慘樣，梁葳依然心有餘悸，今晚她節制了許多，反倒是林曼恩一杯接著一杯，似乎打算把日後成爲人妻不能喝的份全在今晚喝完。

「等一下要去夜店嗎？」林曼恩開玩笑問。

「既然都出來玩了，就去吧。」梁葳同意。

雖然她覺得二十八歲的女人還像大學生一樣跑夜店有些害臊，但就當做是停職期間給自己的優待，順便放鬆一下心情。

「那要不要再點一些酒？」

「好，我去點吧。」梁葳起身走向吧檯，正準備向調酒師點酒時，一旁的騷動拉走了她的注意力。似乎是服務生和包廂的客人起了爭執，一時之間，酒吧裡所有的客人都往同一個方向看去，原本熱鬧歡樂的氣氛瞬間變得安靜緊繃。

梁葳的視線落在那抹熟悉的身影上，眨了眨眼，以爲自己眼花了。

周圍燈光昏暗，但那個身穿白色上衣的服務生，梁葳幾乎可以確定就是孫群。

他怎麼會在這裡？

自結束在研究室的談話後，孫群還是照樣缺席，系上許多教授都爲此找她抱怨，可是她也束手無策。

梁葳回想起來，那天孫群提到他不能來上課是因爲要打工……

孫群面無表情地將手中的酒瓶和冰桶放到包廂桌上，轉身準備要走，坐在包廂沙發上的其中一名男子卻突然起身大吼：「你給我站住！」

男子的年齡看起來與孫群相仿，眉宇之間甚至與孫群有幾分相似。男子雙頰泛紅，似乎醉了，身子左右搖晃，連站都站不穩。

「各位，這位是我弟弟！」男子向身邊的幾名友人大聲介紹，語氣帶著諷刺，「那個跟我不一樣，含著金湯匙出生、從小到大享盡了榮華富貴、什麼都有的弟弟！」

孫群冷冷一笑，表情盡是不屑。

「這樣尊貴的少爺，怎麼會在酒吧當服務生？」男子故作驚訝地挑釁道：「啊，難道是你那已經沒有利用價值的千金媽媽沒錢了？」

一聽到他提及自己的母親，孫群眼裡多了憤怒，他握緊拳頭，努力壓抑內心的怒火，不希望在工作場合鬧事。

「怎麼了？」知道孫群的弱點，男子繼續激怒他，「我有說錯嗎？不然你爸怎麼會拋棄你媽？不就是她什麼都沒有了嗎？」

「孫承，別鬧了，大家都在看……」男子身邊的友人見他越來越過分，要他收斂一些。

孫承卻充耳不聞，搖搖晃晃走到孫群身旁，在他耳邊低語：「還有，你那個漂亮的女朋友呢？你可知道，她在床上——」

孫承的話還未說完，孫群便一把揪起他的衣領，「住口。」

原本孫群想一拳往孫承臉上揍下去，但他很快意識到現實，猛然鬆開抓著孫承衣領的手，本來就站不穩的孫承頓時整個人往後倒，撞上包廂的桌子，跌坐在地上。

「孫承！」見狀，孫承的朋友著急地上前將他扶起。

望著孫承狼狽的模樣，孫群冷冷一笑，轉身離開。

然而，這一笑卻徹底惹毛了孫承，他一把抓起桌上的空酒瓶，在孫群完全沒有防備下，用力朝他的頭部擊去。

碰！

伴隨在刺耳的玻璃破碎聲響之後的是眾人的尖叫。

孫承手中握著殘餘的酒瓶，氣喘吁吁地盯著前方的孫群。

孫群痛苦地閉上眼，火辣的痛楚直衝大腦，眼前閃過一抹漆黑，幸好他立刻扶住一旁的桌角才穩住身子。下一秒，他感覺一道溫熱的液體沿著後腦勺滑落至頸肩，將他身上的白襯衫浸濕。

「去死吧！」孫承像發了瘋似的，拿著酒瓶再次朝孫群襲來。

這回孫群快速轉過身，用手臂擋下他的攻擊，玻璃碎片劃過他的皮膚，溢出大量的鮮血，但孫承並未就此收手。他扔掉酒瓶，才剛舉起拳頭，就被一個女用皮包不偏不倚打中臉。

「幹！」孫承摀住臉，憤怒地看向皮包飛來的方向，「是誰打我？」

同時，孫群也看向皮包的主人。

梁葳與孫群四目相交，她手裡緊緊握著剛才用來打孫承的皮包，眼中充滿驚慌，似乎不敢相信自己會出手傷人。

「妳死定了！」孫承朝她走來，嘴裡咒罵。

見狀，梁葳連忙上前一把抓住孫群沒有受傷的那隻手，一個勁地拉著他跑出酒吧，而孫承被朋友和保全攔下，只能在原地不停大聲吼叫。

梁葳一路緊拉著孫群奔跑，深怕一鬆開手，他就會消失。最後，她在附近的超商前停下腳步，將他安置在路邊的長椅上。

梁葳擰起眉頭，輕聲道：「頭低下來。」

孫群依舊有些頭暈目眩，一時間沒有反應。

見他無動於衷，梁葳輕嘆了一口氣，決定自己動手。她雙手微微施力，將他的頭按下來，仔細檢查他後腦勺的傷勢。

他頭上的傷口約三公分，鮮血沿著耳根和頸部染紅了白色襯衫，畫面有些觸目驚心，手臂上的傷口更是嚴重，皮開肉綻的樣子讓人光看都覺得疼。

「等我一下。」她彎下身子，認眞叮囑，「別亂動。」

語畢，梁葳快步走進超商，不到兩分鐘，她拿著棉花棒和生理食鹽水回到孫群身邊。

「忍耐一下，會有點痛。」梁葳將棉花棒浸滿生理食鹽水，小心翼翼地爲孫群處理頭上和手臂的傷口，孫群因爲疼痛而蹙眉。

清理完傷口後，梁葳翻了翻皮包，卻不見她平時習慣帶在身邊的急救用品，後知後覺想起今天因爲要出來玩，所以換了另一個不常用的皮包。

指。

「該死……」她懊惱地小聲低咒。

孫群眨了眨眼，試圖讓自己清醒些，終於開口，「我沒事。」

不過梁葳不這麼認為。她蹲下身子，與孫群的視線平行，並在他面前豎起三根手指。

「你看得清楚這是幾嗎？」

孫群眯起眼眸，試著辨識，眼前依然模糊不清。

「不行，我帶你去一趟急診室吧。」梁葳搖頭，「這裡離盛宇醫院不遠，去檢查一下有沒有腦震盪的跡象。」

孫群的表情立刻變得冷漠，「我不會去醫院的，尤其是盛宇醫院。」

自從發生那件事情之後，他只要一進到醫院就感到反胃，有些時候他連去學校都覺得不舒服，彷彿不管到哪裡，都能夠看見那個人的身影。今天遇見孫承已經夠倒霉了，他不想在同一個晚上還遇到那個人。

沒有料到孫群會有這樣的反應，梁葳頓時什麼話都說不上來，孫群也沒打算再解釋，只是從長椅上起身，往酒吧走去。

「你要去哪裡？」

「回去，我還沒下班。」他冷淡道。

孫群動了動手臂，疼痛讓他悶哼了一聲。他邊走邊放下捲起來的袖子，企圖遮掩傷口，梁葳卻再次拉住他沒有受傷的那隻手。

「你瘋了嗎？」她簡直不敢置信，只好妥協，「好，不去醫院。」

孫群抽開他的手，「別管我。」

「我是醫生！」梁葳想都沒想便回，連自己都沒意識到語氣中的激動，「救人是我的職責，你懂嗎？你在我面前傷得這麼重，我怎麼可能放著你不管，更不可能讓你就這樣回去酒吧！」

孫群愣住了，一個不過見面三次，嚴格說起來根本不認識他的女人，爲什麼這麼擔心他？

梁葳完全沒有給他拒絕的餘地，便將他推上路邊的計程車。

一進到家裡，梁葳立刻到房間裡找醫藥箱，留孫群一人在客廳，獨自觀賞這戶位於台北市高級地段的豪華四十坪公寓。

高級大理石地板、黑白色系的傢俱、低調又時尚的裝潢設計，處處顯得典雅貴氣，客廳的落地窗放眼望去便是一片璀璨的夜景。

孫群閉上雙眼，想不明白自己爲什麼會在這裡？

回想起過去一小時所發生的那些事，孫群的頭更痛了，彷彿有人拿著針不停刺著他的神經。

孫承那些充滿嘲諷的話語，再次在他耳邊響起……

「啊，難道是你那已經沒有利用價值的千金媽媽沒錢了？」

「我有說錯嗎？不然你爸怎麼會拋棄你媽？不就是她什麼都沒有了嗎？」

「還有，你那個漂亮的女朋友呢？」

他快瘋了。

孫群深呼吸，雙拳緊握，試圖平息內心翻騰的情緒。

同時，梁葳手提著醫藥箱從房間裡出來，眉間的皺痕從頭到尾都沒有消失過，眼裡的擔心也絲毫沒有減少。

她將醫藥箱放在桌上，拿出消毒水和棉花，輕聲道：「頭低下來。」

儘管她的行爲與語氣充滿醫生的架勢，語氣卻很柔和。

這回，孫群乖乖低下頭。

梁葳用鉗子夾起棉花沾了消毒水，小心翼翼地爲他清理頭上的傷口並上藥。處理完後，她拉過他的手，眉頭擰得更緊了。

玻璃在孫群的皮膚上狠狠刮出一道很深的傷口，導致他整隻手臂都布滿了凝固的血跡，看起來遠比頭部受的傷嚴重。

「傷口裡面有碎玻璃。我先幫你把玻璃清乾淨，再消毒包紮。」梁葳小心地將碎玻璃夾了出來。

梁葳以爲孫群一定會喊痛，畢竟原本已經稍微凝結的傷口，因爲她的動作再次裂開，但他卻保持著沉默。甚至沒有開口抱怨剛才對他動手的人。

望著梁葳幫他處理傷口的認眞神情，孫群心中有些觸動。

不知從何時開始，他的憤怒逐漸散去，視線無法離開梁葳的臉。

他沒有想過，當周遭的人都一一離他而去後，會是一個才和他見面三次的女人在他身邊關心他。

「你認識剛才在酒吧打你的那個人？」梁葳隨口問。

原本她以爲孫群不會回答自己，沒想到他卻在沉默了幾秒鐘後，緩緩開口：「他是我爸在外面跟別的女人生的小孩。」

梁葳反射性停下手邊的動作，抬眼迎上孫群那雙沒什麼情緒的黑眸。即使他的語氣不痛不癢，梁葳依然忍不住感到心疼。

「抱歉。」

「沒關係。」他搖頭。

「好了。」梁葳將繃帶固定好，並叮嚀，「之後每天都要換藥和消毒。」

接著她上下打量了孫群一番，他身上的衣服多處沾染著血跡，看起來有些嚇人。

「我拿件衣服給你換。」丟下這句話，梁葳快步走回臥室，幾分鐘後，她拿著一套男性棉質運動服出來，「這是我爸的衣服，對你來說可能有點大，但將就點吧，至少比你滿身是血好。」

「不用麻煩了。」孫群拒絕，可梁葳堅持要他到廁所換衣服。

她關上廁所的門，留他在裡面更衣，而後突然想起應該拿條乾淨的毛巾給他，讓他可以把身上的血跡擦乾淨。於是她拿了條毛巾，敲了敲門，沒等回應就推門而入，正好撞見孫群背對著她、套上衣服的瞬間。

梁葳看見他的右肩上，有一片大面積的燒傷疤痕。

「抱、抱歉……」梁葳連忙轉過視線，將毛巾放在洗手臺上，尷尬道：「我只是想拿毛巾給你。」

語畢，她立刻退出廁所，將門關上。

她靠在廁所旁的牆壁上，深呼了一口氣，腦海中依然揮之不去剛才的畫面。

孫群發生過什麼事情嗎？

梁葳還來不及多想，孫群便打開廁所的門，似乎沒有注意到任何異樣。

她連忙從牆壁上抽離，決定假裝什麼都沒發生。

「還好嗎？」她故作輕鬆地問道。

他點頭，「謝謝妳。」

面對孫群的道謝，梁葳先是感到詫異，接著微笑，「不客氣。」

此刻他們之間只隔著幾公分的距離，近到她可以聞到他身上傳來的淡淡氣味，完全沒有一絲難聞的菸酒味。

「要喝點什麼嗎？」身為屋主，她好像應該招待些什麼。

「我該回去了。」他搖頭。

「你要怎麼回去？」她皺眉。

「走路。」剛才離開得太突然，他身上什麼都沒帶，隨身物品也都留在酒吧裡，還是得先回去一趟。

聽見孫群的回答，梁葳立刻道：「我送你。」

「不用了，不好意思帶給妳這麼多麻煩。」他婉拒。

「不麻煩，現在這麼晚了，你又帶著傷……我去拿車鑰匙，你在客廳等我一下。」

不給孫群拒絕的機會，梁葳快速回到臥室。正當她要離開時，手機響了。她拿起來一看，螢幕上顯示著十五通未接來電，還有二十幾封未讀訊息。

梁葳暗叫一聲糟糕，這時才想起自己忘了林曼恩。

剛才一切發生得太突然，她完全沒有跟林曼恩告知一聲，就拉著孫群離開，事實上，在看到孫群出事的瞬間，她便徹底忘記了林曼恩的存在。

她連忙傳了一封訊息向林曼恩簡單解釋來龍去脈，並打算先送孫群回家，之後再打電話向林曼恩道歉。

一出臥室，她發現孫群雙手環抱在胸前，眼睛閉著，一動也不動，似乎在沙發上睡著了。

他究竟是多累？

想起其他老師的抱怨，孫群上課時幾乎都在睡覺，彷彿只要一有空隙，他就會趁機讓自己休息。

她走回房間拿了一條毛毯出來，輕輕蓋在他身上，並在一旁坐下，安靜地望著他睡著的側臉。

客觀來說，孫群長得很好看，立體俊秀的五官在人群中特別突出。他年紀比她小了整整四歲，但是他身上散發出的沉穩與成熟，卻遠遠超出他這個年齡該有的歷練。然而此刻睡著的他，少了那股淡漠與拒人於千里之外，顯得一點防備也沒有。

不過就像那天在她研究室睡著時一樣，他眉宇間的皺褶沒有鬆開過，彷彿在睡夢中也不得安寧。

她腦中浮現出他肩上的那片燒傷……他身上的傷是怎麼來的？

倏地，她感覺肩膀上多了一道重量，只見孫群的頭正輕靠在自己的肩膀上，顯然已經睡熟了，表情明顯放鬆許多。

梁葳無奈一笑，任由他倚靠，感受著他隨呼吸而律動的身軀。

隔天梁葳睜開眼睛時，發現自己橫躺在沙發上，身上蓋著她昨天拿給孫群的毛毯。她連忙坐起身察看，孫群早已不見蹤影，桌上則多了一張紙條，上面的字跡工整：

謝謝，我把衣服洗乾淨之後再還給妳。

抬頭看了一眼牆上的時鐘，現在才早上六點。

他去哪了？該不會又去打工了吧？

梁葳想著孫群，有些出神。她和孫群只見過三次面，可是他每次帶給她的感覺都不同。

第一次在街上車禍現場，她以爲他是充滿救人熱忱的英雄。

第二次在學校裡，他儼然是一名出席率欠佳的問題學生。

第三次在酒吧中，她看見了他眼裡的脆弱，直覺告訴她別追究太多。

孫群，你到底是個什麼樣的人？

第五章

「謝謝老師！」

隨著學生走出研究室，梁葳見門口原先絡繹不絕的人潮終於散去，如釋重負地喘了口氣。

期中考將近，所有的學生都進入奮鬥模式，每堂課結束後，講臺總是會擠滿想提問的學生，她的研究室近期也是人滿爲患，梁葳幾乎沒有休息的時間。

不過對於學生的問題，她總從來沒有表現出不耐煩，永遠都耐心且仔細地回答，因爲如此，當初那些反對她代課的聲音逐漸消失。再加上梁葳本身年輕又有魅力，在學生之間的人氣越來越高，不少人希望她能夠成爲正式教師。

梁葳闔上眼，原本想小睡片刻，卻忽然想起孫群。

自從酒吧事件之後，梁葳已經兩個禮拜沒有看到孫群了。

這段期間孫群完全沒有來學校，彷彿人間蒸發了一樣。系上的教授們似乎已經對他完全喪失信心，上次系務會議時，甚至有老師提出讓孫群強制退學。

身爲醫生，梁葳能夠理解這些教授的心情。

醫生是一份攸關人命的神聖工作，而孫群目前的表現的確無法說服眾人相信他能成爲好醫生。可是身爲一個親眼目睹他在車禍現場反應的人，她知道孫群很有天賦，她不想眼睜睜看著他被退學。

梁葳看了一眼手錶，沒想到眨眼間已近晚上七點了。

她穿上外套，離開研究室，卻在走出醫學院大樓時，和系上教授方則宇撞個正著，連忙禮貌打招呼，「方教授，你好。」

方則宇是盛宇醫院婦產科的醫生，當年梁葳還是實習醫生時，方則宇正好是婦產科的總醫師，兩人曾經一起工作過，他算是她的前輩。

方則宇長相斯文端正，年紀不到四十，未婚，是名符其實的黃金單身漢，梁葳還在盛宇醫院時，就曾聽過不少關於方則宇的緋聞。

「梁醫師，要回家了嗎？」方則宇走到梁葳身邊停下。

「嗯。」梁葳莞爾點頭。

「妳都開車來學校嗎？」

「沒有，我準備叫車。」梁葳拿出手機，點開叫車軟體，手突然便被方則宇握住。

「別浪費錢了，我有開車，順路送妳回家吧？」方則宇微笑。

梁葳愣了半晌，才尷尬地扯出一抹笑，「不用麻煩，我自己坐車就可以了。」

她想抽回手，方則宇卻握得更緊，「一點也不麻煩，而且我們挺久沒見面了，妳選擇到沅野醫院工作後，我還以爲不會再看到妳，沒想到妳會來盛宇教書。我們也該敘敘舊了，如果在教學上有什麼問題，我很樂意給妳一些建議。」

「沒關——」梁葳正要再次推辭，前方冷不防傳來一道聲音。

「梁老師。」

梁葳朝聲音來源看去……居然是孫群？

「我有幾個問題想請教妳，不知道妳有沒有時間？」孫群走到她面前。

見狀，方則宇立刻鬆開原本握著梁葳的手，故作輕鬆地笑了笑，「梁醫師妳忙吧，有空我們再聊。」

看著方則宇走遠，梁葳鬆了口氣，抬眼看向孫群，「好久沒看到你了，你今天有來上課？哪裡有問題，要不要到我研究室，我解釋給你聽？」

「我沒有問題。」孫群搖頭，眉頭微皺，「方教授的風評不太好，傳聞他很愛對女學生動手動腳，妳平時要多注意。」

梁葳一怔，所以他剛才是爲了幫她解圍，才會謊稱有問題要請教？

倏地，梁葳感覺一道暖流滑過心頭。

「謝謝你。」她彎了彎嘴角，卻又感到納悶，「你怎麼會在這裡？」

孫群從背包裡拿出一袋乾淨的衣物遞給她，「聽說妳最近都在學校待到很晚，想等妳下班的時候把這個還給妳。那天眞的很謝謝妳。」

梁葳了然地點點頭，接過提袋，眼神擔心地瞟向他頭部的傷口，「不會，應該的。傷口好點了嗎？」

「嗯。」孫群應了一聲。

「你的……」梁葳隨即改口，「那個人還有再來找你麻煩嗎？」

孫群搖頭，看了一眼手錶，「我要去打工了，就不耽誤妳的時間了。」

梁葳立刻皺眉，這細微的表情變化被孫群捕捉到，他連忙補充：「我已經辭掉酒吧的工作，現在在當家教。」

話一出口，孫群也覺得莫名其妙，自己到底爲什麼要主動向她解釋。

「那就好。」梁葳放心一笑。

看著梁葳的笑容，孫群覺得她的反應毫無修飾，眞實得有些可愛。明明前一秒他還覺得自己快被疲憊壓垮，這一刻，他卻感到放鬆，彷彿肩上的壓力全都一掃而空。

正當孫群準備向梁葳道別時，腳邊忽然傳來了磨蹭的觸感，低頭一看，是醫學院的院貓。牠原先是一隻野貓，由於常在醫學院裡面出沒，學生和教職員開始主動帶貓食餵牠，久而久之便成了醫學院的招牌。

孫群蹲下身子，輕輕地撫摸著橘貓柔順的毛髮，嘴角跟著牽起一抹梁葳沒有看過的淺笑。

她發現孫群笑起來的模樣很好看，一反平時的冷漠，顯得柔和溫暖。

如果他是醫生的話，那是一個可以治癒病人的笑容。

「你喜歡動物？」

「不討厭。」

「這隻貓眞的很受歡迎，每天都好多人圍著牠。」看著橘貓拚命對孫群撒嬌，一副捨不得他離開的模樣，梁葳忍不住笑出聲，「牠很會跟人互動耶。」

聽她這麼說，孫群眼中掠過一絲黯淡，「牠以前應該是有錢人家飼養的家貓，後來被拋棄了。」

「你怎麼知道？」

「牠的項圈是名牌，上面刻著牠的名字。」

梁葳湊近一看，果然皮革項圈上面刻著Ricky。她一直以爲牠是野貓，根本沒有注意到牠戴著項圈。

「這麼可愛的貓，怎麼會淪落街頭？」梁葳嘆息。

孫群沉默了幾秒，「很多事情不是自己能決定的。懂得生存，才是他能做的。」

梁葳在他的臉上捕捉到一抹複雜的情緒，剛才難得露出的溫柔如同曇花一現，此刻他又恢復了一貫的冷漠。

「我先走了。」孫群起身，頓了幾秒，「期中考我會來的。」

孫群高瘦的身影消失在轉角後，梁葳低頭看向腳邊的橘貓，突然意識到這隻總是在取悅大家的貓，也許是因爲害怕再度被拋棄，所以才那麼努力討大家歡心。

「懂得生存，才是他能做的。」

當時她沒有意識到原來孫群口中的「他」，並不是指那隻橘貓。

而是他自己。

✦

期中考成績出來後，全班都因爲這次不到五十分的平均成績而一片低迷。梁葳在發考卷時不停安撫大家，說明這次會按照比例加分，眾人才終於釋懷。

下課回到研究室後，梁葳盯著手裡那張唯一沒有發出去的考卷，姓名欄上頭工整的字跡寫著孫群的名字。

期中考那天，孫群幾乎是在打鐘的前一秒才進到教室裡。

當梁葳看到孫群來考試的時候，心裡既高興又緊張，畢竟他幾乎沒有來上課，這次的題目又是由系上出題最刁鑽的老師所出的，她擔心他就算有來考試，還是逃不了被當掉的命運。

可眼前考卷上的九十五分，證實了梁葳的擔憂是多餘的，她感到驚訝之餘，心裡也湧上一股好奇，她打開學校系統裡的孫群個人檔案。

看著孫群這次期中考每一科的成績，梁葳瞪大雙眼。

天才。

這是從小到大一直被冠在梁葳身上的稱呼。

學生時期的她，第一名的寶座從未讓位過，上課總是把教授問倒，同學依賴她多過於老師，更是醫學院裡少數跳級的學生。可是望著電腦螢幕上那一排每科都近乎滿分的成績，梁葳第一次覺得有人比她更適合天才這個稱號。

關掉網頁，梁葳乾瞪著電腦螢幕，依舊沒有辦法揮去那股不可置信。

醫學系要拿到好成績本來就很難，更別說對於一個幾乎沒有來上課的學生了。孫群所修的那些課，全班考試平均成績都不到五十分，可是他的分數卻全在九十分以上，總成績穩穩地排在系上前百分之五。

「孫群這個人眞的讓我們很頭痛。」

原本梁葳以爲系上教授只是單純對一個缺課的學生感到頭痛，現在她終於了解爲什麼孫群缺席的次數如此誇張，學校始終沒有給予實際上的懲罰——因爲他的課業成績太優秀了。

優秀到即使他的學習態度讓許多教授不滿，大家都不敢否認他極具潛力。

回想起第一次在車禍現場遇見孫群時，他那專注的模樣和熟練的技巧，梁葳就知道他可以成爲優秀的醫生。

只是她眞的不懂，爲什麼他不來學校上課？似乎也很抗拒前往醫院，難道他不想成爲醫生？

✦

「都幾歲的人了，居然還會從樓上摔下來。」

梁葳看著病床上右腿打著石膏的林曼恩，無奈地嘆了一口氣。

「不知道哪個神經病在樓梯間灑水，我穿十五公分的高跟鞋耶！十五公分！妳來走走看，看妳摔不摔。」林曼恩抱怨。

今天早上一接到林曼恩住院的消息，梁葳二話不說立刻趕來盛宇醫院探視，幸好只是右腿骨折，明天就可以出院了。

「王哲呢？」環顧四周，梁葳沒看見其他人的身影。

「回公司了。爲了送我來醫院，他向公司請半天假已經很勉強了。他公司最近在忙和Google合作的案子，每天都加班到凌晨才回家。」林曼恩聳肩。

「工程師眞不好當。」

「醫生不也一樣嗎？」林曼恩調侃梁葳，接著瞇眼看向她，「不談我了。說！妳是不是該向我解釋一下，上次妳跟我說要去吧檯點酒，結果突然離開是怎樣？那個男的是誰？別以爲我沒看到妳拉著他跑出去。」

梁葳深吐了一口氣，該面對的果然還是逃不掉。

「快說！」林曼恩擺出大姊的架勢。

梁葳抿抿唇，小聲道：「他是我們系上的學生……或者說，我的導生。」

「什麼？眞的假的！」林曼恩驚呼。「如果我沒記錯，那天他和人起了爭執，然後就打了起來，對吧？」

「是對方先找他麻煩。」梁葳糾正她。

「一樣的意思啦！反正就是有衝突。」林曼恩瞪大眼，「妳走了之後，連警察都來了，那個打人的男人最後好像被帶走了。」

被警察帶走？看樣子至少對方受到了懲罰。一想起孫群那天受的傷，梁葳就感到生氣。

林曼恩似乎沒有打算繼續追問這個話題，嘴裡碎碎念道：「現在的學生都這樣嗎？唉……」

不知爲什麼，這番話梁葳聽起來特別刺耳。

探完病後，梁葳走出病房，環顧了一下四周。

她很久沒有回到盛宇醫院了。就讀盛宇醫大時，她都是在此處實習和進行住院醫師訓練的，幾乎每天都泡在這裡，不過自從任職於沅野醫院後，她就沒有再來過了。

當初住院醫生訓練結束時，盛宇和沅野兩家醫院都對她提出工作邀約，只不過她和沅野院長有過一段過往，對方啓發了她成爲醫生的夢想，所以她選擇了沅野。

「現在的學生都這樣嗎？唉……」

梁葳按下電梯的按鈕，耳邊又響起林曼恩方才那席話。

她知道林曼恩沒有特別的意思，畢竟她並不曉得事發經過，可是她依舊爲孫群感到不平。

隨著電梯門打開，裡面走出來的年輕男子讓她先是一怔，隨即反射性地側過臉。

短短幾秒鐘的時間，梁葳幾乎可以確定，那名男子就是那天在夜店裡和孫群起爭執的人。

孫群同父異母的哥哥——孫承。

幸好孫承似乎沒有認出她就是那天拿包包攻擊他的人，出了電梯後沒有停留。梁葳在好奇心的驅使下連忙跟上他的腳步，接著她看見他拐進走廊底端的儲藏室，然後關上門。

在門外躊躇片刻，梁葳的理智不斷拉扯，最後她還是躡手躡腳推門走進儲藏室，並放輕步伐，深怕不小心撞倒醫療器材和用品。

梁葳往裡面走去，卻始終未見孫承的身影，正當覺得奇怪時，前方傳來對話聲。她迅速躲在櫥櫃後方，只見儲藏室的盡頭除了孫承之外，還有另一名女子。

和那天酒吧混亂昏暗的場景不同，這回梁葳終於能好好看清楚孫承的長相。他留著和孫群一樣的黑色短髮，臉部五官和孫群有些神似。客觀來說是一張好看的臉，可是和孫群身上的沉穩不同，他全身上下散發出一股不受約束的狂野氣息，頸子以下若隱若現刺青圖案。

同時梁葳也注意到孫承身上的短白袍，難道他是在盛宇醫院工作的住院醫生？孫承旁邊的女子身上則是穿著代表主治醫生的長白袍，她給人一種冷豔的感覺，腳上踩著高跟鞋，比起醫生，她的外型氣質更像是模特兒。

「找我有事嗎？」女子挑眉，「我很忙。」

「別這樣，陳潔。」孫承的語氣帶些無奈。

「孫承，我們之間只是玩玩，不用這麼認眞。」女子冷聲道：「聽說你幾個禮拜前進了警察局？」

孫承表情立刻沉了下來，「妳怎麼知道？」

「全醫院都知道。」女子輕聲一笑，「你不過是個R1，鬧出這樣的事情，不怕被醫院踢出去？」

躲在一旁偷聽的梁葳心想，孫承果然是第一年住院醫師。

孫承沒有回應。

「啊，我差點忘了，你有你爸這座大靠山。」女子調侃道。

「別說了。」孫承不悅。

「所以你到底找我有什麼事？跟你那小女友玩完了？」

「我跟她本來就沒什麼。」孫承將女子的髮絲撥到耳後，吻了吻她的鬢邊。

兩人顯然不是第一次有親密接觸，女子諷刺一笑，接著伸手解開孫承襯衫的扣子，不知是戲謔還是調情，「孫翰費盡心思把你弄進盛宇，如果他知道他兒子在盛宇做著這樣的事，不知心裡作何感想。」

「別提那老頭了，那是他欠我的。」孫承吻上女子的唇。

之後的對話，梁葳沒有再聽下去。

踏出盛宇醫院，梁葳深呼吸，試圖平靜凌亂的思緒。

「我不會去醫院的，尤其是盛宇醫院。」

「他是我爸跟別的女人生的小孩。」

「孫翰費盡心思把你弄進盛宇，如果他知道他兒子在盛宇做著這樣的事，不知心裡作何感想。」

孫翰，這個名字梁葳並不陌生。

他是盛宇醫院的現任院長，台灣醫界最負盛名的男人。

✦

自從那天在醫院撞見孫群同父異母的哥哥後，梁葳腦中每天想的都是這件事。

梁葳曾經在研討會上見過孫翰幾次，卻沒有正面交談過，畢竟他身邊總是圍繞著許多人。她對孫翰的印象就是威嚴穩重，帶著霸氣與距離感。

孫群對於課業的態度，是受到家庭影響嗎？

上次受傷時，他堅持不去盛宇醫院，是因爲孫翰嗎？

他說他需要錢，可是以他的家庭背景來看，合理嗎？

沒有一處是合理的……再想下去，梁葳覺得自己可能要瘋了。

「老師，妳還好吧？」

梁葳愣了幾秒才回神，茫然地抬起頭，只見劉育懷皺眉看著她，似乎有些擔心。

「嗯？怎麼了？」

「妳看起來好像很煩惱，發生什麼事了嗎？」劉育懷放下手機。

「沒什麼。」她笑著搖頭，「想東西想出神了。」

梁葳來到盛宇大學已經有一段時間了。也許是因為她年齡和學生相仿，性格大方隨和，學生們都很喜歡找她聊天，就如此刻坐在她研究室裡的劉育懷。自從那次她戳破劉育懷代替孫群點名後，兩人逐漸變得熟稔起來。

劉育懷雖然成績稱不上太好，但是他的性格陽光外向，和班上同學關係不錯，加上他長相乾淨斯文，在系上也很受女生歡迎。

不過認識劉育懷之後，梁葳發現他的學習態度有些散漫。儘管他不像孫群一樣完全不來上課，可是對於未來的規畫並不積極。

梁葳突然問他：「你畢業後打算做什麼？」

劉育懷愣了下，一臉疑惑，「當……醫生？」

「你真的想當醫生嗎？」

「不想，可是我沒有選擇。」劉育懷聳肩。

「怎麼說？」

這是梁葳第一次看見劉育懷露出這麼悵然的表情。

「我的家人都是醫生，包括我爺爺、我爸、我媽、我舅舅、我阿姨、我姊……好像如果我不是醫生，就不配成爲這個家的成員。」劉育懷說得輕描淡寫，字句間卻透露出無奈，「所以有時候我很羨慕孫群。他是眞的想要當醫生。」

梁葳一怔，「孫群？」

「很難相信吧？」劉育懷苦笑，「至少，在他變了一個人之前……」

「他以前不是這樣子？」

「不是。高中的時候，他是學校的風雲人物，成績好、長得帥、人好相處，校園裡幾乎沒有人不認識他。他很陽光愛笑，對每個人都很友善，總是和大家打成一片，跟現在完全不同……」

劉育懷形容的孫群，和梁葳認識的孫群截然不同。

爲什麼孫群的變化這麼大？

「他發生過什麼事嗎？」

「我也不清楚。」劉育懷搖頭，「不過原因應該和他家人有關。」

「怎麼說？」

「他爸是醫生，媽媽是華英集團的千金。」

「華英集團？」梁葳再次感到驚訝。

華英集團是台灣年代悠久的大企業，早期生產塑膠，後來轉戰電子產品，有一陣子華英更成爲家庭電器的首選品牌。只不過近年來科技發達，市場競爭激烈，華英集團開始走下坡，影響力已不如從前。

梁葳依稀記得，華英的創辦者許揚達幾年前甚至被爆出和議員勾結圖利，好像被判了幾年刑。

「嗯。孫群他爸做了一些不好的事……孫群發現後沒有什麼反應。後來我和他都考上盛宇醫學系，孫群甚至是那年的榜首，一切都和以前一樣，直到大二暑假那年。」劉育懷深呼吸，「我、孫群，還有幾個朋友打算去帛琉度假。原本大家決定一起去機場，可是在最後一刻，孫群忽然改口說他要直接在機場和我們會合，但他並沒有出現……」

劉育懷停頓幾秒，「之後我們才知道，那天他家失火了。」

聞言，梁葳感覺心臟漏跳了一拍，腦中立刻浮現出孫群右肩上那片觸目驚心的燒傷疤痕。

「暑假過後，他就休學了，沒有人知道原因，有一陣子大家都和他失去聯絡。後來大四上學期他回來了，可是卻變成一個我們不認識的人。」

梁葳想起孫群那副生人勿近的模樣，心中那股難以言喻的異樣感覺越來越強烈。

劉育懷無奈道：「從以前孫群就是那種有事也會說沒事的人，我不想逼他，如果他想說，他會說的。」

梁葳默默地點頭，胸口一陣緊悶。

孫群救人時認眞的神態、孫群在走廊上被教授訓話時一聲不吭、孫群淡淡說出孫承是他爸和別的女人生的小孩……她忘不了孫群的每一個神情。

他就像個謎，她看不清那雙沉靜眼眸下隱藏的究竟是什麼。

直至此刻，梁葳後知後覺地發現，她對孫群所有的事全都好奇得要命。

第六章

這天梁葳特別來到許久未踏入的沅野醫院，一位由她執刀的八十歲腦瘤患者——吳姓老奶奶，經歷了漫長的三個月復健，終於康復出院了。

這位患者是梁葳停職前特別關照的病患，手術成功率不到百分之二十，所幸手術順利完成，吳奶奶奇蹟般地活了下來，一直待在醫院接受術後檢查和復健治療。

當時梁葳每天都會親自幫她做檢查，只不過中途忽然被停職，她根本連和吳奶奶解釋的機會都沒有，就被迫離開醫院。

雖然她試圖向院方探詢吳奶奶以及她其他患者的病況，可是楊皓似乎下令所有人不得私下對她透露。這次是吳奶奶的家人聯絡上她，她才知道吳奶奶要出院的消息，所以特地前來送行。

探望完吳奶奶之後，梁葳準備回家，不打算在醫院多留，就怕被楊皓或是認識的人撞見。

進入電梯按下一樓按鈕，她只希望能夠快點離開。

八樓、七樓、六樓……電梯在五樓停了下來。

隨著電梯門緩緩打開，梁葳瞪大雙眼看著面前的熟悉臉龐。

「……孫群？」

孫群兩耳掛著耳機，像是沒想過會在這種場合巧遇梁葳，一時反應不過來，愣在原地。

眼看電梯門就要關上，梁葳連忙問：「你不進來嗎？」

孫群猛地回過神，快步走入電梯，摘下耳機，音樂透過耳機傳了出來，在安靜的電梯裡異常明顯。

「你音樂都聽這麼大聲？」梁葳打趣道。

不然他會睡著。不過孫群沒有把真正的原因說出口，只是點點頭。

「你怎麼會在這裡？生病了嗎？」梁葳又問。

「沒有，我來回診。」以及來看一個人。

「回診？」梁葳語氣帶著驚訝。

她記得剛才孫群進電梯的樓層是五樓，五樓是燒燙傷中心……她立刻聯想到他肩上的傷疤，以及那天劉育懷告訴她的那些事。

電梯抵達一樓，孫群迅速走出電梯，似乎一秒也不想多待，梁葳連忙跟上。

「你要去學校嗎？」

孫群搖頭，察覺她表情的細微變化，立刻補充：「今天的課程重點是複習，只有期中考不及格的人才需要去。」

話一說完，孫群頓時有些懊惱，之前系上教授把他叫去問話時，他從來沒有爲自己辯解，而梁葳不過是皺個眉頭，他就不問自答。

他到底是怎麼了？

聽見孫群的解釋，梁葳的表情立刻轉爲放心，嘴角揚起一抹淺笑。看見她露出笑容，孫群緊繃的心情不自覺放鬆許多。

好像每一次看見她的笑容，他內心的龐大壓力就會一掃而空，彷彿她天生有著能夠治癒別人的魔力。

「喔……」梁葳明白地點頭，「那你現在要去哪？」

其實孫群也不知道自己要去哪裡，他只想快點離開醫院。

「如果沒事，要不要一起吃午餐？」梁葳順口提出邀約。

孫群停下腳步，顯然沒有料到她會這麼問，一瞬間不知如何回答。

梁葳一陣尷尬，慌忙道：「剛好中午了，我肚子也餓了……當然，如果你有事的話——」

「我沒事。」孫群突然覺得此刻神情慌張的梁葳……有點可愛？

「喔、嗯。」梁葳眨了眨眼。

「妳有想去的地方嗎？我對這裡不熟。」

這時梁葳才發現平時她忙到幾乎不吃午餐，現在根本講不出任何餐廳的名字，最後她好不容易想起很久以前和醫院同事去過的某間餐廳，便決定帶孫群去那裡。

點完餐後，梁葳審視著坐在對面的孫群，他剪了頭髮，短髮更突顯出他立體的五官，不過他雙頰也有些消瘦，臉色帶著疲憊。

「你最近身體還好嗎？」也許是職業病太重，梁葳心中的擔憂脫口而出：「你看起來很累，是因爲睡眠不足？」

沒想到她會關心自己，孫群愣了愣，反問：「醫學系的學生，有人是睡眠充足的嗎？」

雖然如此，他心想醫學系裡兼三個差、每天睡不到四個小時的人還眞的不多。

「可是……」梁葳皺起眉。

「最近有點感冒，沒什麼大不了的。」不曉得爲什麼，看到梁葳露出那樣的表情，孫群就沒辦法讓她繼續擔心。

「記得去看醫生，或者去藥房買點藥。感冒雖然是小病，一不小心也可能變成大病，知道嗎？」梁葳叮囑他。

我沒時間。原本孫群打算這麼回，但見到梁葳眼中的關懷，他不由得乖順地點點頭，「嗯。」

孫群不懂爲何自己如此在乎她的想法，也不懂此時心中浮現的奇怪情緒意味著什麼。

服務生很快就將餐點送上，用餐途中，梁葳按捺不住好奇，問：「對了，你平時都怎麼念書的？」

孫群停下筷子，「什麼意思？」

「你知道你期中考的成績在系上排名前百分之五嗎？」

「是嗎？」孫群完全不在意這件事，「妳是不是想問，爲什麼我不去上課還可以考這麼好？」

沒想到他會解讀得這麼直接，梁葳頓時不知該怎麼回應。

她並不是刻意提起他頻繁缺課，她壓根不相信孫群是系上老師口中的壞學生，也不希望在孫群眼裡，她和其他人一樣，對他存有偏見。

深怕孫群誤會，她連忙解釋，「我的意思是——」

孫群打斷她：「我爸是醫生，家裡有很多醫療相關的書籍和影片，我從小就看著這些長大，沒有什麼特別的念書方式。」

孫翰、孫承、孫群肩上的傷疤，梁葳腦中閃過許多畫面，同時想起劉育懷說的那句話：

「我很羨慕孫群，因爲他是眞的想要當醫生。」

在這一刻，梁葳壓抑不住想更了解孫群的心情，再度追問：「這樣說來，你從小就想當醫生？」

孫群表情明顯一怔，眼裡浮上一層黯然，「我不知道……我不想成為像我爸一樣的人。」

最後這頓午餐因為孫群臨時有事而匆匆結束，他說的那句話卻始終迴盪在梁葳耳邊。

原本梁葳以為又要好一陣子見不到孫群，可接下來的幾個禮拜，他幾乎每天都有來學校上課，加上他之前期中考分數極佳，老師們對於他的抱怨減少了許多。對此，除了身為導師的梁葳備感欣慰，還有一個人也對孫群回來上課感到開心不已。

「孫群！」劉育懷一進教室便興奮大叫，「你今天怎麼這麼早來，離上課還有十分鐘耶！」

原本正閉著眼睛休息的孫群被喊醒，他睜眼看向劉育懷，「上堂課提早結束。」

「哪一堂？」

「組織學。」

「劉教授的？」

「嗯。」

「我上學期修那堂課覺得超難，讀得頭快昏了，還是差點被當掉！」劉育懷誇張地嘆氣，「如果你需要，我有講義可以給你，只是我筆記抄得很爛就是了。」

聞言，孫群不禁輕輕一笑，「謝謝。」

看著孫群那微微勾起的唇角，劉育懷定格了半晌，眼裡多了絲欣慰，「孫群，你能夠回來真的太好了。」

聽見劉育懷的話，孫群心中湧上一陣複雜的情緒。

自從家裡發生那件事之後，他刻意疏遠所有人，包括劉育懷。也許是害怕別人同情他，每一次劉育懷問起他的近況，孫群總是輕描淡寫帶過，明明劉育懷是他最好的朋友。

「不然誰來幫我複習啊！」劉育懷故作輕鬆地笑了笑，「聽說你期中考每科都拿九十分以上，真的太強了啦！當初我能考上醫學系也是靠你考前幫我惡補，這次你可不可以也幫助我畢業？」

孫群笑出聲，「下次一起複習吧。」

「太好了！」劉育懷高興地拍了下孫群的肩膀，「啊，對了！你有收到吳冠霖的訊息嗎？」

「吳冠霖？」孫群思考了片刻，「你說班長嗎？」

「嘿啊！」劉育懷點頭，「我前幾天在路上遇到他，他說下禮拜要開高中同學會，但你一直不回他的LINE訊息，叫我問你一聲，這樣他才能確定人數。」

高中畢業六年，孫群回想起那時的他和現在的他，幾乎是全然不同的兩個人。時間真的能改變很多東西。

「你會去吧？」劉育懷滿懷希望地看著孫群，「大家最想看到的就是你！你不去，開同學會有什麼意義？」

孫群卻沉默了。

當大家看到現在的他，會有什麼樣的反應？失望嗎？

有眼睛的人都看得出來，他已經不是高中時期的孫群了，就連有些時候看著鏡中的倒影，凝視那雙充滿看透一切世故和失望的眼睛，他都快認不得自己。

還有……她一定會出席高中同學會吧？

直到現在，他大概都還沒有辦法若無其事地面對她。

也許是看穿孫群心中的想法，劉育懷嚥了嚥口水，小心翼翼道：「如果你擔心會遇到永歆……我問過了，她那天晚上有事，不會出席同學會。」

陶永歆，已經多久沒聽到這個名字了。

倏地，高中時與陶永歆的種種甜蜜回憶在孫群的腦海中飛快掠過，他從來沒想過，當自己那由謊言編織而成的生活一一瓦解時，她會是壓垮他的最後一根稻草。

「再說吧。」孫群淡淡道，劉育懷也識相地沒再追問。

上課鐘聲響起，梁葳走入教室，準備授課。

「梁醫生眞的好厲害喔，漂亮、上課認眞，人又有趣。」劉育懷露出崇拜的神情，「眞希望她可以一直留在學校教書，對吧？」

抬起頭，孫群的視線筆直迎上梁葳那雙清澈的眼眸，只見她唇角微微上揚，露出了滿意的微笑。

「嗯。」孫群應聲。

看著梁葳的笑容，孫群感覺好像找回了他過去遺失的自己，包括對於醫學的熱忱。

✦

「葳葳！」

才剛踏入餐廳，梁葳就聽見一道熟悉的聲音高喊她的名字，而後是其他人的驚呼聲。

「安喬學姊，好久不見。」梁葳連忙揮手打招呼。

夏安喬起身上前給了她一個熱情的擁抱，轉頭對其他人得意地說：「就跟你們說葳葳會來吧！你們每個人都欠我一百塊。」

「什麼意思？你們拿我打賭啊？」梁葳笑出聲。

「對啊，之前妳在群組說這次妳會參加聚會，我們都以為妳在開玩笑，畢竟畢業這麼多年妳一次聚會都沒來過，所以剛剛才會打賭妳到底會不會出席。」夏安喬用手肘頂了頂她，「整桌只有我一個人賭妳會來，有沒有很感動？」

梁葳看了一眼長桌，今天少說來了十幾個人，結果居然只有夏安喬一個人賭她會來？原來她在大家心裡的信用這麼差。

「你們也太過分了吧！」梁葳假裝不滿。

「沒辦法，想說妳身為外科醫生一定很忙啊！」

「對啊，醫生不是很常臨時有手術嗎？」

「欸欸，廢話少說，錢先拿出來，不然等一下你們吃完飯就溜了。」夏安喬向梁葳眨了眨眼，「葳葳，既然是托妳的福，今天我請妳吧，反正妳難得參加聚會。」

「這麼好？」

「當然，妳可是我最喜歡的學妹。」夏安喬拉著她到自己旁邊的空位坐下，「來，坐我旁邊！」

大二那年，梁葳加入了攝影社，起初她只是單純想調劑就讀醫學系的苦悶，沒想到因此認識了一群好朋友，也培養出對攝影的興趣，社團一待就是兩年。

攝影社時常舉辦聚會，只不過自從她進醫院實習後，整日忙得昏天暗地，期間她偶爾會和幾個以前的朋友見面，但聚會她倒是第一次參加。

「學姊，妳和陳宇學長最近還好吧？今天怎麼沒看到他來？」

夏安喬一畢業就和交往四年的男朋友訂婚，一年後結婚，男朋友是大她一屆的學長，也是攝影社的成員。

「今天他公司有事，沒辦法來。」夏安喬露出一個神祕的笑容，「葳葳，跟妳說件事，我懷孕了。」

梁葳臉上浮現驚喜，「天啊，恭喜！是男生還是女生？」

「女生。」夏安喬眨眼，打趣道：「以前我們不是開玩笑說要當親家？這麼久不見，妳現在有男朋友嗎？」

「沒有耶。」她無奈一笑。

暫時脫離醫院的生活之後，梁葳才發現除了事業之外，她的人生進度居然落後別人這麼多。大學朋友一半以上都有了穩定交往的對象，甚至有幾個已經結婚了，她卻連上一次和男生約會是什麼時候都記不起來。

「眞的假的！一定是妳當醫生太忙了！想當初大學的時候，追妳的人兩隻手都數不完，要不是妳後來和兆威……」見梁葳臉上閃過一瞬尷尬，夏安喬立刻打住話，意識到自己提到不該提的名字，「抱歉，葳葳。」

「抱歉什麼，都那麼久以前的事了，我又不是小孩子！」梁葳擺手笑了笑，故作輕鬆問：「學長他最近如何？我很久沒看到他了。」

「其實我也不清楚。」夏安喬無奈聳肩，「他現在是大牌攝影師，有自己的工作室，以前他常來聚會，最近不知道是不是工作太忙，很久沒看到他了。」

「這樣啊。」梁葳點頭。

方兆威在大學期間就展開攝影生涯，像是在知名攝影師的工作室實習，或是自己接一些外拍案子。作品曾得過許多攝影獎項，畢業後順利進入這個圈子，幾年過去，如今他也有獨立的工作室了。

「葳葳，老實說我覺得妳跟兆威眞的很可惜……」夏安喬話才講到一半，一陣驚呼聲突然在她耳邊響起。

「學長，好久不見！你今天不是有事沒辦法來嗎？」

「原本我今天有拍攝行程，但臨時取消，剛好人在附近就過來了。」方兆威開玩笑，「怎麼，沒位子嗎？」

「當然有！只是覺得今天很難得，平常不出現的人都出現了，葳葳也來了！」

一被點名，梁葳身子一顫，和方兆威對上眼，他表情明顯一愣，似乎沒料到她在場，但他很快就再度露出跟記憶中一樣的好看微笑。

方兆威拉開她對面的椅子坐下，「好久不見，葳葳。」

他的模樣和當年沒有太大的差別，除了身上那股愛玩的氣息減輕不少，多了些成熟與穩重。

「好久不見，學長。」梁葳扯開笑，但她知道自己笑得很僵硬。

倘若提前知道方兆威會出現，梁葳可能就不來了，儘管她表面上冷靜，心中卻升起一股莫名的煩躁，「我去一下廁所。」

來到廁所，梁葳深吐出一口氣。在這樣的場合，她是應該假裝事情已經過去，還是爲了當初浪費在他身上的歲月感到不值？

方兆威是攝影社的社長，天生就自帶光環，人帥、性格溫柔，又有才華，也許正是因爲這樣，她才會被他吸引。

方兆威身旁從來就不缺乏女生，當他向梁葳告白時，她既開心又驚訝，兩人交往兩年，社團裡的人還幫他們取了一個綽號，叫「雙威CP」。

大四時，梁葳課業繁忙，方兆威也開始接案，兩人漸行漸遠。有一次她考完試來找方兆威，卻目睹他在家門外和別的女生接吻。

那是梁葳第一次爲了別人而流淚。

之後她開始進醫院實習，分手的痛楚隨著時間淡去，如今見到本人，心裡還是感到鬱悶。

「唉……」梁葳輕聲嘆息。

她都幾歲的人了，該大器一點吧？過去的事情就讓它過去吧。

走出廁所，靠在外頭牆壁上的那人讓梁葳嚇了一跳，「你怎麼在這？」

「剛才助理打電話來，說工作室有些急事需要我去處理，在回去之前想跟妳說幾句話……妳過得好嗎？」

方兆威看著她的眼神完全沒有變，和交往的時候一模一樣，這令梁葳很是納悶。遲疑了幾秒，她才回應，「我很好。」

「聽說妳升主治醫師了，恭喜。」

被前任稱讚，梁葳覺得有一絲不自在，表面上依然大方道：「謝謝學長。他們說你也有自己的工作室了，恭喜你，應該很累吧？」

她從他的臉上能看出疲憊的痕跡。

「是挺忙的。」方兆威淡淡一笑，「我今天沒有預料到會見到妳……其實這幾年我一直想聯絡妳，卻總是找不到適當的時機。」

梁葳怔在原地與他對看，說不出話來。

大概是發現氣氛有些僵硬，方兆威連忙開口打破沉默，「不過看到妳過得不錯，我也放心了，我先離開了。」

「嗯。」梁葳嘴角擠出一抹弧度，「再見，學長。」

方兆威轉身走了幾步，又回頭。「葳葳……當年的事，我真的很抱歉，但我的心除了妳之外，從來就沒有過其他人。」

直到方兆威的身影消失，這句話始終在粱葳的腦海中揮之不去。

站在餐廳門外，孫群看著夜空有些愣神。

雖然答應劉育懷前來參加高中同學會，但是到達餐廳後，高中時的回憶如同漲潮的海水朝他襲來，他忽然感到退縮。

「孫群！」

正當孫群陷入猶豫時，身後傳來一道熟悉的聲音，轉身一看，是高中時的班長吳冠霖，也是這次同學會的主辦人。

「好久不見。」吳冠霖一把勾住孫群的肩膀，笑嘻嘻道：「怎麼不進去？大家都很期待見到你！」

吳冠霖將孫群拉進餐廳包廂，大聲宣布：「你們看誰來了！」

「孫群！」一看到他，眾人紛紛露出驚訝的表情，這讓孫群覺得不自在。

「好久不見。」孫群微笑著打招呼，在座的劉育懷則向他拚命揮手，要他坐在自己旁邊。這樣也好，畢竟劉育懷是他唯一有聯絡的高中同學，坐一起比較不尷尬。

或許是因爲許久沒見面，孫群一坐下就立刻被人圍住。

「醫學系很累吧？」

「累死了！」劉育懷搶著回答：「高中同學裡就剩我和孫群還沒畢業，感覺眞怪。」

聽劉育懷這麼說，眾人不禁哄笑出聲。

「孫群，我們剛才在聊以前的事，原來班上女生超過一半都暗戀過你耶。」

「是這樣嗎？」孫群抿唇低笑。

「對啊！你後來跟陶永歆在一起，我們都難過死了，但永歆也是女神，所以我們也沒什麼怨言。」

孫群臉上閃過一抹尷尬，大家似乎沒有注意到他的變化，反而熱烈討論起來。

「永歆現在是主播，對吧？我常在電視上看到她。」

「她今天會來嗎？」

「孫群，你們是什麼時候分手的啊？還有聯絡嗎？」

孫群眼神一黯，簡單回答：「分手很久了，也沒有聯絡了。」

劉育懷捕捉到孫群的情緒，連忙轉移話題，「都已經是過去的事情了，有什麼好聊的，來談談現在吧，你們有交往對象嗎？」

孫群心不在焉地旁聽眾人的談話，偶爾點頭應付。此時，坐在他對面的同學忽然瞪大眼，「孫群，你還好吧？」

他猛然回過神，一臉茫然，「什麼意思？」

「你流鼻血了！」

孫群後知後覺地感覺到溫熱的液體從鼻腔溢出，低頭一看，鮮血落在純白的桌布上暈開，畫面觸目驚心。他抓起餐巾紙摀住鼻子，起身道：「沒事，我去一下洗手間。」

過了十幾分鐘，鼻血才終於止住。孫群用清水洗去口鼻間的血跡，看著鏡子中的倒影，覺得自己的臉色糟透了，蒼白得像個病人。

正當他準備返回包廂時，口袋裡的手機發出震動，看清來電者是誰後，他迅速接起，「陳姨，怎麼了嗎？」

「喂、喂……孫群。」對方的聲音聽起來有些驚魂未定，背景傳來淒厲的哭喊聲，「你媽媽今天精神狀態不太好，剛才還摔東西，護理師正在安撫她……你有空嗎？可不可以來醫院一趟。」

聞言，他表情明顯多了些慌張，「好，我立刻過去。」

進到包廂，眾人紛紛關心詢問，但孫群只說自己沒事，並抓起放在椅子上的外套，「抱歉，我突然有點急事，要先離開。」

一走出餐廳，孫群正要攔計程車，眼角餘光卻瞥見幾公尺外的熟悉身影。

梁葳？

她眼神空洞地凝視著前方，對著夜空輕嘆一聲，並轉過身，兩眼迎上孫群的視線，臉上浮現驚訝，「孫群？你怎麼在這？」

「高中同學會。」

「這麼巧，我也在這裡聚餐。」

「那妳怎麼站在外面？」孫群皺眉，梁葳的樣子看起來已經在這裡站了一會。

「覺得裡面有點悶，想出來透透氣。」梁葳語氣帶著無奈。

都怪剛才方兆威離開前說的那番話，害她整個人心神不寧。

倏地，前方傳來一陣騷動，兩人順勢朝聲音來源看去，只見一男一女似乎起了爭執，在路口拉拉扯扯。

「放開我！」女子甩開男生的手，「到底要我說幾遍？我對你沒有那種感覺，你這樣窮追不捨讓我很困擾。」

「明明之前一副欲拒還迎的樣子，現在裝什麼清純？」男子表情不屑。

女子冷冷一笑，「第一次見面我就跟你說得很清楚了，請你不要再繼續糾纏我，不然我會報告長官，也就是你爸。」

語畢，女子朝餐廳方向走來，這時孫群才看清楚她的臉，不禁一怔。

「陶永歆，站住！」男子追上前，粗魯地抓住她的手臂。

「你幹什麼！你別太過分——」他突來的舉動使陶永歆嚇了一跳，話還未說完，一陣劇痛直擊心臟，她抬手摀住胸口，呼吸不受控制地越來越急促，瘦弱的身軀無力地癱坐在地上。

陶永歆打開皮包，想要尋找什麼，然而顫抖的手指連皮包都幾乎握不住。

「妳、妳怎麼了？」男子不知所措地放聲大喊：「救、救命啊！」

撞見這一幕，孫群的心頓時涼了一半，不知道是身為醫生的反射動作，還是因為對象是陶永歆，他想都沒想就朝她跑去。見狀，梁葳也急忙跟上。

「妳的藥呢？」孫群在陶永歆身邊蹲下，雙手扶住她的身子，冷靜問：「在包包裡嗎？」

看著孫群，陶永歆眼中盡是錯愕，似乎完全沒有想到會和孫群在這裡重逢。

「她有先天性心臟病，妳可以……」孫群抬頭看向梁葳，正要請她叫救護車，卻發現梁葳早已快他一步。

孫群拿過陶永歆的包包，熟練地在皮包最內層找到血管擴張劑，快速將藥片放入她的口中，「撐著。」

不久後，遠方傳來救護車的鳴笛聲。

孫群望著陶永歆躺在急診室病床上熟睡的臉龐，內心感到五味雜陳。

幾年不見，她和記憶中的模樣有些不同，以前飄逸的長髮剪短了，五官雖沒有太大的變化，但也少了高中時期的天真活潑，取代的是成熟嫵媚。

他們兩個都已經不是當年的孫群和陶永歆了。

「她是你認識的人？」梁葳明知故問。

從孫群剛才的反應可以明顯看出兩人是舊識，甚至從他擔心的神情、對陶永歆病情的掌握，以及在救護車來臨前摟著她的動作，梁葳大約可以猜到他們之間的關係。

孫群點頭，思緒卻回到當初分手時，陶永歆對他說的話。

「我好像不認識你了。」

從高二到大三，從好友兼情人到陌生人，他有些時候回想起來，一段感情結束的代價還真大。

孫群不怪陶永歆無法接受他的改變，畢竟主動疏遠的人是他，今天若是兩人的立場對調，他也沒辦法接受這樣的自己。只不過壓垮他的並不是分手，而是陶永歆隨後的背叛。

「請問是陶永歆小姐的家屬嗎？」

一位身穿長白袍的年輕女醫師拿著病歷走到病床前，胸前的識別證上印著——急診科主治醫師，陳潔。梁葳覺得她有些眼熟，卻又想不起來這股熟悉感從何而來。

「我是……」孫群欲言又止，「她的朋友，她的家人在過來的路上。」

「你好，我是陳醫師。」陳潔檢視了一下數據，「她的心跳和血壓已經穩定下來了，不過為了保險起見，加上她有動過心臟手術的紀錄，我建議她住院觀察一天。」

「嗯。」孫群點頭。

「聽急救人員說，是你幫她做急救的？」女醫師挑眉，「你有醫學背景？」

「我和她是舊識，所以知道她會隨身攜帶藥物。」孫群沒有直接回答她的問題。

陳潔不再繼續追問，不吝嗇地讚美道：「很多心臟病患在發病時常常因為旁邊沒有能夠幫忙的人，而錯過了急救的黃金時間。她很幸運有你在身邊。」

陳潔離開後，孫群口袋傳來手機震動的聲響，拿出手機一看，他懊惱地低聲咒罵了一句，他居然完全忘記母親的事情。

「喂，陳姨，對不起，我這邊臨時出了一點狀況，現在馬上過去。」孫群語氣中帶著歉意和無奈，「我知道，麻煩妳先幫我安撫一下她，我很快就到，真的很抱歉。」

掛上電話後，他歉疚地看向梁葳，「我有急事要先離開，可以麻煩妳在這裡等她的家人來嗎？我和她現在的關係也不太適合見她爸媽。」

陶永歆是個名符其實的千金，再加上她從小身體就不好，家人對她格外疼惜寵愛。

當初他們分手時，原本把他當成自己兒子看待的陶母，打了許多通電話狠狠斥責他。要是在這種場合下與陶永歆的家人見面，他們大概會以為他是害她心臟病發的罪魁禍首。

「嗯，這裡交給我就可以了，別擔心。」梁葳莞爾點頭，從孫群凝重的神情和焦慮的語氣，她可以感覺到事態緊急。

看著梁葳的笑顏，孫群頓了片刻才點頭，「謝謝妳。」

說也奇怪，好像每次看到她的笑容，他內心龐大的壓力就會少一些。

孫群快步離開急診室，朝大廳走去，拐過走廊轉角時，身後傳來的聲音卻使他全身一僵，血液彷彿停止流動。

「院長好。」

明明周遭的環境吵雜不已，這三個字在他耳裡竟格外清晰，四周的醫護人員各個站直身子，姿態恭敬。

「沒事，你們忙吧。」

聽見這低沉的嗓音，孫群反射性回頭，迎上那雙熟悉卻也陌生的眼眸，只見對方眼中閃過一瞬錯愕，但很快便恢復如常。

孫群轉身想要逃離，然而孫翰比他快一步，上前拉住他的手臂，擔心問：「你怎麼在這裡？發生什麼事了？」

「與你無關。」孫群冷冷地甩開他的手。

孫翰上下打量孫群，「你臉色很差，生病了？」

「我很好，不需要你關心。」

「孫群……」孫翰欲言又止，嘆了一口氣，「你媽最近還好嗎？」

孫群諷刺一笑，「你沒有資格問這個問題。」

他看著那張與自己有幾分相似的臉孔，以前那個讓他尊敬的父親像是根本不曾存在過，只覺得眼前這個男人讓他厭惡至極。

這幾年孫群費盡心思避開和父親有所交集，他已經想不起來，兩人上一次面對面說話是什麼時候了。

「孫群，我知道我做了很多差勁的事，你媽生病也是我的錯，但那不代表我不在乎你們母子，我——」

孫群打斷他的話，眼中平靜如死水，「請你以後不要再匯錢過來了。你的錢，我一毛都不會用。」

他寧願兼好幾份工把自己累死，也不想用孫翰給的錢，這是他和母親僅剩的自尊。

「對我來說，你只是一個陌生人。」

丟下這句話，孫群繞過孫翰，頭也不回地快步離開。

走出醫院，孫群深呼吸幾口，試圖平撫自己凌亂的心跳，左手不自覺搗上右肩。

明明已經過了好幾年，傷口早已癒合，可是那股灼熱的疼痛感卻依然真實，如同那片熊熊火海，怎麼樣也忘不了。

他的世界早已燒成灰燼，回不去了。

第七章

時序邁入炎熱的夏季，轉眼間，梁葳在盛宇大學教書的時間快要滿一學期了，她跟班上的同學已經打成一片，也慢慢習慣了學校的生活。雖然當老師和當醫生不同，但不管是拯救病患，還是教育下一代，都帶給她許多滿足感。

猶記得當初被楊皓陷害的時候，她心裡怎麼樣都咽不下這口氣，然而回到學校成爲代課教師後，這件事情便逐漸被她淡忘，負面情緒也隨之消退。她向醫院提出的申訴還在審查當中，不知道何時才能拿回醫師執照，但她現在似乎不介意在這裡多待一陣子。

梁葳收拾好教具，準備回研究室休息，不料才剛踏出教室，就被身後一道聲音叫住。

「老師，等等！」叫住她的是劉育懷。

梁葳回過頭：「怎麼？有不懂的地方嗎？」

「不是。」劉育懷搖頭，壓低聲音：「是有關孫群的事。」

「孫群？他怎麼了？」

「他從上禮拜就沒來上課，我打電話、傳簡訊給他也都沒有回應，我有點擔心……」他皺起眉頭，「他是不是請假了？」

由於學期接近尾聲，每堂課幾乎都是滿席，因此梁葳沒有特別注意誰沒來上課。今天聽劉育懷這麼一說，她才意識到最近這幾堂課確實都沒看到孫群的身影。

上一次看到他，是送陶永歆去醫院的時候。

「我沒聽說他請假。」梁葳搖搖頭。

「這樣啊……」劉育懷囁嚅道，「好吧，那我再多打幾次電話連絡他……」

他話尚未說完，前方傳來的騷動吸引了他們的注意力，只見一名女子被好幾名學生圍住，畫面像是粉絲遇到偶像一樣。定睛一看，梁葳發現那抹身影有些眼熟。

「她不是JTV的當紅主播嗎？怎麼會出現這裡？」

「她好像是盛宇的校友，也許只是剛好回來學校。」

「在電視上看到她就覺得她很漂亮，沒想到本人更美耶！」

四周的人群興奮地你一言我一語討論起來。

梁葳還沒想起那人是誰，旁邊的劉育懷已先低聲喚出她的名字：「陶永歆。」

劉育懷臉上帶著梁葳從未見過的冷漠，他邁開步伐、越過人群朝陶永歆走去，並在她面前停下，「妳來這裡幹麼？」

面對劉育懷突來的舉動，陶永歆愣了好幾秒才遲疑道：「育懷？好久不見。」

「我說，妳來這裡幹麼？」劉育懷完全沒有寒暄的意思，「妳是大傳系的，畢業也快三年了，沒有理由出現在醫學院吧？」

「我……」陶永歆頓了頓，小聲道：「我是來找他的。」

劉育懷立刻明白她話裡指的是孫群，他冷笑，「憑什麼？」

陶永歆做了個深呼吸，努力保持冷靜，「我有話想跟他說。」

那天在醫院醒來時，她睜開眼睛後，第一件事就是找孫群。

在昏過去前，陶永歆清楚記得孫群把她摟在懷裡，一切彷彿回到了當年，可笑的是，她居然因爲他對自己的擔憂而暗自竊喜。

也許在孫群心中，她還是占有一席之地。

也許，他還是在乎她的。

這幾年她身邊最不缺的就是追求者，有許多論條件、長相都不輸孫群的人追求她，卻沒有一個人能夠走進她的心。她一直以爲那是因爲對孫群的愧疚依然存在，直到再次相遇，回憶如同海浪席捲而來，她才明白自己始終忘不了孫群。

「妳想跟他說什麼？」劉育懷努力壓抑內心的怒火，「妳在他最脆弱的時候背叛他，現在說有話想對他說，不覺得很諷刺嗎？他變了這麼多，妳不覺得妳也有責任嗎？」

陶永歆想要辯解，卻不知如何反駁，同時圍觀的人潮也越來越多。

從小到大她都是人群的中心，成爲主播之後更是習慣了眾人的矚目，此刻她卻覺得這些目光異常灼熱，讓她感到自己像是一個做錯事的罪人心虛又愧疚。

她咬著下唇，語氣哽咽，「對不起。」

劉育懷看陶永歆一副快哭出來的樣子，口氣軟下，「永歆，我們曾經是很好的朋友，但我眞的沒有辦法看妳這樣傷害他。他最近好不容易有點回到以前的樣子了……拜託妳，不要再出現在他面前了。」

「好吧。」見場面變得尷尬，陶永歆扯出一抹僵硬的笑，「很高興在這裡看到你，育懷。」

不顧周遭的竊竊私語，陶永歆低著頭快速穿越人群，纖細的身影消失在走廊盡頭。

看著這一幕，劉育懷表情複雜。過去他和陶永歆的交情也不錯，對她說出這樣的話，其實他心裡也很難受，但他更不希望孫群再次受傷。

目睹這一切的梁葳陷入沉思，背叛、傷害……

回想起那天陶永歆在昏睡中不停呢喃著孫群的名字，梁葳不禁好奇起他們之間的過往。

「老師，對不起。」劉育懷的聲音將她的思緒拉回現實。

「喔、沒事。」梁葳笑了笑，假裝隨意問道：「她是你的朋友？」

「高中同學。」劉育懷沒有承認也沒有否認，「老師，如果妳有孫群的消息，可以麻煩妳通知我一聲嗎？我真的很擔心他又搞失蹤。」

梁葳點頭答應，「嗯。」

回到研究室，梁葳想起劉育懷曾經提起孫群休學後變了一個人，越想越擔心。

點開學生通訊錄，她發現孫群家的地址離她家不遠。

「總不能沒事去找他吧……」她懊惱地嘆了一口氣。

萬一孫群只是單純不想上課，那麼她要如何解釋她突如其來的造訪？

倏地，梁葳想起上禮拜要班上同學填寫的見習申請表，繳交截止日期就在後天，如果沒有準時繳交，會影響到下學期去醫院的見習。孫群已經一個多禮拜沒來上課，自然沒有收到這項資訊。

這樣就有正當理由了。

接著她將桌上那份屬於孫群的表單裝入牛皮紙袋，抓起皮包和車鑰匙，快速離開研究室。

✦

梁葳抬眼看著面前的老舊公寓，內心感到驚訝。

這是孫群的家？

他出生在如此富裕顯赫的家庭裡，怎麼住的地方好像……有些簡陋？

梁葳發現越是認識孫群，對他的疑問反而越多。

她站在公寓大門前按下電鈴，等了一陣子都沒有回應，於是她再按了一次，還是無聲無息。她又等了將近十分鐘，正打算離去，大門卻突然開啓，走出來一位中年婦人。

「不好意思。」梁葳連忙喊住婦人，禮貌問道：「請問這棟樓裡面是不是有一位住戶叫孫群？我有事情要找他。」

「孫群？」婦人想了好一會，才脫口而出：「啊，妳是說那個念醫學系的帥哥？他住四樓啦！」

「謝謝妳。」梁葳連忙向婦人道謝。

確認孫群的確還住在這裡，並沒有搬家，她便順勢進到公寓裡，沿著昏暗的樓梯走上四樓，在孫群家門外躊躇了片刻，才按下門鈴。

依然沒有人回應。

「也許眞的不在吧……」她喃喃道。

梁葳正要將牛皮紙袋放在門口，下一秒面前的門猛然打開，映入眼簾的是一身居家打扮的孫群。她第一眼立刻注意到他缺乏血色的面容，整個人一點生氣也沒有。

兩人就這麼對望了幾秒，孫群茫然地開口：「妳怎麼會在這裡？」

他的聲音比平時來得低沉，甚至有些沙啞。

「我……」梁葳頓了下，舉起手中的牛皮紙袋，「下學期醫院見習的申請表格，繳交截止日是後天。你好幾天沒來學校了，我怕你錯過截止日會影響到見習的分配，想說順路拿過來給你。」

「喔……謝謝。」孫群伸手接過梁葳手中的紙袋，期間不小心觸碰到她的手。

梁葳感覺到他掌心滾燙，反射性握住他的手腕，另一手往他的額頭探去，「你發燒了，而且燒得很嚴重。」

「我沒事，只是小感冒。」話一說完，孫群便咳了幾聲。

他原本只是頭痛和咳嗽，以爲吃個感冒藥就會好，沒想到越來越嚴重。他整個人昏昏沉沉，渾身無力，過去幾天都躺在床上休息，連飯都沒吃。要不是剛剛在睡夢中不斷聽到門鈴的聲音，他不知道自己什麼時候才會醒來。

僅僅是從床走到大門這幾步路，對他來說彷彿用盡了身上僅剩的精力，現在就連站著他都覺得有些使不上力，只能倚靠在門框上支撐自己不要倒下。

「這不是小感冒。」梁葳搖頭，「我帶你去醫院急診。」

聽到醫院兩個字，孫群表情一沉，甩開她的手，「不需要。」

語畢，一陣暈眩感驀地湧上，孫群眼前的景象變得模糊，他用力地眨了眨眼，想要甩去那股不舒服的感覺，卻徒勞無功。

也許是她漸漸習慣孫群柔和的那一面，梁葳幾乎忘了他冷漠起來有多拒人於千里之外。

「如果沒有其他事情，老師妳可以離開了。」孫群準備關門。

梁葳抬手阻止他即將關上門的動作，眼神堅定地看著他，「我說過，我是醫生。我沒辦法放著生病的人不管。」

「妳什麼都不知道。」孫群冷笑，同時暈眩感越來越嚴重，視線越來越模糊。

「對，我什麼都不知道。我只知道我很在乎你、擔心你！」

在失去意識前，孫群看見了梁葳激動的神色，以及她眼中沒有一絲虛假的擔心。

✦

孫群永遠都記得，十歲那年，那個炎熱的下午。

他生病了，不但發高燒，還在班上吐了一地，最後被班導送到保健室休息。

「孫群，你家裡有沒有人可以來接你回去啊？」保健室阿姨溫柔地問。

「我媽媽和朋友出國玩了。我爸爸是醫生，每天都要忙著救人，沒有空。」

在說出「我爸爸是醫生」這句話時，他那雙明亮的大眼裡閃爍著藏不住的崇拜。

「那怎麼辦呢？」保健室阿姨似乎有些懊惱。

的確，剛才她打了緊急聯絡人的電話號碼，不是關機就是沒人接。

「可以幫我打電話給李叔叔嗎？爸爸說如果有重要的事情，可以找他。」孫群禮貌說道：「謝謝阿姨。」

李叔叔是家裡的司機，同時負責打理孫家的大小事，碰上任何事，孫群都習慣向他求救。

到家後，孫群回到自己的房間，也許是退燒藥的藥效使然，他很快便沉沉睡去，直到房門外的爭吵聲將他從睡夢中吵醒。

「我不要孫承在沒有爸爸的環境下長大！」

「妳聽我說，事情不是妳想像得這麼簡單……」

孫群掀開被子下床，悄悄地打開房門，透過門縫窺視站在客廳的兩個人。一個是爸爸，另一個則是他不認識的女子。

「如果你不跟你老婆離婚，我就死給你看！」女子忽然爆出歇斯底里的大吼，嚇得孫群渾身一顫，不小心撞到門，發出碰撞聲響。

孫翰回過頭，臉上浮現錯愕，「孫群？你怎麼會在家？不是還沒放學嗎？」

「我生病了。保健室阿姨叫我回家休息。」孫群揉了揉惺忪的眼睛，「爸爸你不是應該在醫院工作嗎？發生什麼事了？」

「沒事，爸爸今天提早下班。」孫翰上前將孫群擁入懷裡，並向女子使了一個眼色。

見狀，女子冷哼一聲，抓起一旁的包包和外套。離開前，她看了孫群一眼，那眼神裡的鄙視，孫群永遠都忘不了。

「爸爸，她是誰？」孫群皺起眉頭。

剛才那些對話又是什麼意思？

「她是……爸爸的一個朋友。」孫翰摸摸孫群的頭，擠出一抹笑，「孫群，今天的事可以不要跟媽媽說嗎？她知道會很難過，你不會想要看到媽媽傷心，對吧？」

「嗯……」孫群有些猶豫，卻依然點頭。

「這是我們兩個人的祕密，好嗎？」

隨著孫群逐漸長大懂事，這個祕密也越來越沉重地壓在他的心上。

「孫群，媽媽……已經沒有活在這個世界上的意義了。」

甚至，壓得他快要窒息了。

✦

「醫生，他的情況怎麼樣？」

望著躺在急診室病床上的孫群，梁葳意識到自己第一次如此擔心一個人。

「看起來是嚴重感冒，再加上長期過勞、飲食不正常，才會昏倒。」醫生看著手中的病歷，「已經幫他打了點滴，除了按時吃藥之外，更重要的是足夠的休息。」

長期過勞、飲食不正常……

她眞的無法想像，孫群到底是過著什麼樣的生活，才會把自己累出病來。

「請問妳是患者的家屬嗎？」

「不是。」她搖頭，「我是他的……朋友。」

梁葳將原本卡在嘴邊的「導師」呑了回去，她總覺得這個詞好刺耳，如同一道隱形的牆，硬生生劃清兩人之間的界線。

「妳有家屬的聯絡資訊嗎？我認爲還是通知一下家屬比較好。」

「好。」梁葳嘴巴上這麼應下，但她幾乎可以肯定，孫群不會想要她通知孫翰。

醫生走遠之後，梁葳在病床邊的椅子坐下，靜靜地凝視著孫群輪廓分明的臉，以及掩蓋在睫毛下的烏影。

「你是我看過最不會照顧自己的醫生。」她無奈低喃。

雙眼緊閉的孫群微微皺眉，彷彿正被什麼夢魘糾纏，梁葳忍不住伸手輕輕撫上他的眉間，想為他撫平那道摺痕。

她好希望自己能夠幫他分擔痛苦，不管是用什麼方式。

此時孫群的身子忽然抽動了一下，她連忙收回手，看著他緩緩睜開眼睛。

孫群茫然地眨了眨眼，刺眼的燈光讓他感到頭疼，他啞著聲音問：「這裡是哪裡？」

「醫院急診室。你昏倒了，醫生說是因為重感冒和長期過勞。」梁葳耐心解釋。

孫群只記得自己生病了，梁葳突然出現在他家門口，而他對她說了一些不好聽的話，接著眼前一片黑……

「哪一間醫院？」孫群深吸了一口氣。

「盛宇。」

孫群猛然從床上坐起，立刻作勢拔掉手臂上的點滴，卻被梁葳制止。

「你要做什麼？」

「回家。」孫群淡淡地望了她一眼。

「你在開玩笑嗎？」梁葳感到不可思議。孫群是燒到腦袋不清楚了嗎？都已經病成這樣，他醒來第一件事居然是要離開醫院回家？

「妳什麼都不知道。」孫群沒有想要多加解釋的意思，打算撥開梁葳伸過來制止自己的手。

「孫群……」梁葳正要開口相勸，一旁傳來的聲音打斷了她。

「唷，這不是我可愛的弟弟嗎？」

梁葳和孫群扭頭一看，只見孫承穿著白袍站在病床前，嘴角帶著猖狂的笑。

「好久不見，孫群。沒想到居然會在這裡見面，世界眞小。」孫承故作驚訝，「你生病了嗎？也難怪，聽說你因爲你媽，到處打工賺錢，你從小就嬌生慣養，身體怎麼可能承受得了。」

面對孫承的冷嘲熱諷，孫群只是冷笑一聲，沒有搭理。他粗魯地拔掉手上的點滴針頭，從病床上起身想要離開，孫承見狀便抬手攔住他。

孫群瞥了孫承一眼，平靜道：「讓開。」

「我是醫生。」孫承臉上依然帶笑，語氣隱含挑釁，「醫生沒說你可以走，你想去哪裡？」

「你這種人也配當醫生？」

「你說什麼？」孫承被他的話激怒，上前用力推了孫群一把，「你以爲你是誰，敢這樣對我說話？」

被孫承這麼一推，原本就還有些昏沉的孫群一個踉蹌，撞上身後的醫療推車。

「喂，你夠了吧。」梁葳終於忍不住出聲。

「妳又是誰？」孫承沒有認出梁葳就是上次在酒吧用皮包打他的人，只是看向孫群，似乎感到有趣，「新的女朋友？」

孫群摀上方才撞到推車、微微發疼的右手肘，沒有回答，孫承則將他的反應解讀成默認，不可置信地拍了拍手。

「孫群，你真的很厲害，怎麼每一任女友都這麼正？果然，像你這種出身高貴的少爺，女人自然而然會攀上來。」孫承搖頭讚嘆，視線上下打量梁葳，「不過這一個……比你上一個更合我的胃口。女人果然還是要成熟一點比較吸引人。」

孫承嘴角揚起一抹意義不明的笑，朝梁葳走來。她反射性地後退一步，眼中升起警戒。

「妳——」孫承話還沒說完，右臉就挨了一記重拳，他沒有防備，跌坐在地上，發出巨大的碰撞聲響，引得急診室裡的所有人都看了過來。

「幹！」孫承捂著發疼的右臉，狠狠瞪著孫群，大聲怒罵，「你居然敢打我？」

梁葳嚇了一跳，完全沒有料到孫群會出手，畢竟就連先前在酒吧起爭執時，孫群也沒有還手。

孫群瞥了坐在地上的孫承一眼，冷冷發話：「離她遠一點。」

孫承從地上爬起，咬牙切齒道：「你死定了！」說完，掄起拳頭就要反擊。

「夠了！」一位年輕的女醫師走了過來，大聲喝斥。

梁葳立刻認出她是上次在醫院照顧陶永歆的陳潔。

「陳醫師……」孫承愣了愣，緩緩收回拳頭。

「你瘋了嗎？」陳潔在孫承面前停下，「你把這裡當成什麼地方？」

看著兩人站在一起的場景，梁葳突然覺得眼前的畫面好熟悉，接著很快認出那天和孫承在儲藏室親熱的女醫師，似乎就是陳潔。

孫承不甘願地低下頭，小聲道：「對不起。」

「急診室不需要更多麻煩。」陳潔冷聲道：「滾，我不想看到你。」

孫承想要解釋，卻什麼也說不出口。他雙拳緊握，充滿怒火的眼睛狠盯著孫群，內心似乎正在拉扯，究竟該選擇毀掉自己的職業生涯，還是毀掉眼前這個他痛恨至極的人。

「我們走著瞧。」最後孫承丟下這句話，甩頭離開。

隨著孫承的身影消失在急診室，陳潔轉向孫群，嚴厲斥責：「你也是，病人就該有病人的樣子，你打傷我團隊裡的醫生，不管出於什麼原因，就是不對。」

「抱歉。」孫群低頭道歉，沒有反駁。

他也不知道是怎麼回事，明明打算將孫承當成空氣，但是剛才聽到他言語間辱及梁葳、朝她走去時，他的理智線就斷了。回過神時，他的拳頭已經落在孫承臉上。

「我會請護理師幫你辦出院手續。」語畢，陳潔轉身離去。

「孫群！」走出醫院，梁葳一路緊跟在孫群身後，偏偏他人高腿長，梁葳幾乎要小跑步才能跟上他。

「孫群，你等等！」她一把拉住孫群的手腕，氣喘吁吁。

這時孫群才終於停下腳步，手捂上隱隱作痛的頭。不知道是不是因爲看到孫承的緣故，他不只頭暈，甚至還覺得有點反胃想吐。

「你還是不舒服嗎？」梁葳皺眉，「要不要回醫院？」

「她都把我趕出急診室了，妳還要我回去？」孫群無奈道。

她被堵得無話可說，注意到孫群的指關節有些紅腫，梁葳輕輕拉起他的手，「爲什麼打他？」

不是因爲孫承不該被打，只是她不想看到孫群受傷。

孫群沉默不語，他不想要孫承靠近她。看著梁葳溫柔的眉眼，孫群怎麼都無法將心裡的話說出口。

「他就是你不想去盛宇醫院的原因？你不想看到他。」

「嗯。」孫群點頭，「……還有我爸。」

這個世界上他最不想見到的兩個人都在盛宇醫院。

「對不起……」梁葳垂首，抿了抿唇，「你說得對，我眞的什麼都不知道。」

如果不是她多管閒事，孫群也不會遇上這樣的事情。從小就被公認爲天才，她總是認爲自己做的決定是對的，但是這回她確實沒有顧慮到孫群的心情。

看到梁葳自責的模樣，孫群莫名感到疼惜，同時一股悸動不受控制地在心裡蔓延。

「不，是我該說對不起。」他輕聲道。

梁葳抬起頭，迎上孫群的目光，他的眼中已沒了前一刻的淡漠。

「我不想把其他人扯進來。」孫群單手將梁葳攬入懷中，「我寧可大家什麼都不知道，也不要你們在知道之後，對我露出同情的表情。」

沒有料到他會擁抱自己，梁葳腦中頓時一片空白。

「但妳知道嗎？」孫群無奈輕笑，「我好累，累得想要放棄……」

一個人背負這些責任和祕密，他不知道自己還能撐多久。

「孫群……」梁葳感受到孫群的身軀微微顫抖，洩露出他內心的脆弱不堪。

她感覺自己的心彷彿被人揪起，難受得無法呼吸。

梁葳想著自己能夠爲孫群做些什麼？

「我在這裡。」最後，她的手落在他的背上，加深了這個擁抱。

坐在公園的長椅上，孫群眼中沒有任何情緒。

「十歲那年，我第一次見到那個女人。那天我身體不舒服，老師讓我提早回家休息。我媽剛好出國玩，我爸不知道我在家，就帶了那個女人回來。」

梁葳望著他的側臉，心裡湧上心疼。

「當時我根本不知道什麼是外遇，我答應我爸保守祕密，不告訴我媽。我從小就想成爲像我爸一樣優秀的醫生，我從來沒有想過，一個我如此尊敬崇拜的對象，居然會背叛這個家……」他試圖保持冷靜，語氣卻不自覺顫抖。

「高中某天放學時，孫承出現在我的學校門口。」提起孫承，孫群的眼神瞬間變得冷漠，「第一眼看到他，我就知道他是我爸和那個女人生的孩子，他長得跟我爸如此相似。我永遠都不會忘記，當時他看著我的眼神充滿憤怒和憎恨，這是我第一次感受到如此強烈的厭惡，而且還是來自一個素昧平生的人。他一看到我就用力揍了我一拳，說我搶了原本該屬於他的人生，有一天，他會把那些都奪回去。」

「天啊……」梁葳瞠大雙眼。雖然不認識孫承，但透過幾次交集，就連她這個外人都能清楚感受到孫承對於孫群的恨意。

「那天回家後，我決定向我爸問清楚一切。」孫群黯然道：「我爸告訴我，孫承的母親是他的前女友，他也是婚後才得知孫承的母親不僅懷孕，還把孩子生了下來。我爸說他會和孫承母子斷絕往來，求我不要跟我媽說……我爸向來沉穩內斂，那是我第一次看到他流淚，所以我相信了他的話，答應再次替他保密。」

他做了幾次深呼吸，才又繼續訴說。

「那天之後，我假裝一切都沒有發生過，繼續過著一樣的生活，周遭的朋友只有劉育懷知道這件事，就連我當時的女朋友都不知情。」

「你當時的女朋友，是陶永歆嗎？」梁葳小心翼翼問。自從那天和孫群一同送陶永歆去醫院後，這個疑問就一直埋在她心裡。

「嗯。」孫群點頭，「我們從高二開始交往，一路到大學。她是個很好的女生，那時候我眞的很愛她，但不知道爲什麼，我就是沒辦法開口跟她說這件事。」

奇怪的是，當年他無法向陶永歆坦誠的，如今卻能輕易在梁葳面前提起。

「後來我如願考上盛宇醫學系，永歆則考上盛宇大傳系……直到我大二那年，我爸升上盛宇醫院院長，我才發現，原來他一直都在說謊。」孫群放在膝上的雙手不自覺緊握成拳，力道大到青筋可見，「我媽哭著對我說，我爸這幾年來在外面一直都有另一個家庭，那個女人跑到家裡大鬧，說我爸是爲了錢才和我媽結婚，根本沒有愛過她。」

回想起母親那時泣不成聲的模樣，孫群喉嚨一緊，「我媽家世顯赫，她年輕時出了一場車禍，而我爸是負責照顧我媽的住院醫生，我媽對我爸一見鍾情，兩人很快交往、結婚。但我媽不知道的是，我爸早就有女朋友了，就是孫承的媽媽。她是護理師，也是我爸的青梅竹馬。

「我爸來自一個普通的家庭，他知道自己需要一座強而有力的靠山，才能爬到更高的位置，所以他和我媽結婚，因爲他知道我外公能夠成爲他的助力。在我爸選上院長之後，我外公被揭發和議員勾結，因此被判刑，財產也被法院凍結……多年來，我爸都在利用我媽，既然他已經當上醫院院長，我媽也沒有利用價値了，所以我爸向我媽提出離婚，搬出家裡，和那女人同居。

「我媽從小嬌生慣養，被保護得很好，一下子失去了我外公和我爸，她根本無法承受，不久便患上憂鬱症。大二那年暑假，我本來和朋友計畫出國玩，在去機場的路上，我媽傳了一封簡訊給我，說她已經沒有活在世界上的意義了……當時我立刻趕回去，而迎接我的是一片火海……」

聽到這裡，梁葳倒抽了一口氣。

「她趁我不在時，放火把那個充滿謊言和背叛的家燒了。」孫群眼神如同一灘死水，沒有一絲波瀾，「後來消防人員及時趕到，我媽被救了出來，但她身上有大面積的灼傷，需要長期住院治療，再加上她精神情況很不穩定，必須定期看心理醫生。」

孫群肩上的燒傷傷疤、在沉野醫院燒燙傷中心巧遇……

梁葳恍然大悟，「之前你說需要錢，是爲了支付你母親的醫藥費？」

所以他才會缺課、才會去酒吧上班、才會總是一副疲憊的樣子，甚至把自己累出病來。一想到孫群獨自背負著如此重擔，梁葳感覺心口一緊。

孫群點頭，平淡道：「那時爲了照顧我媽，我休學了一年，幾乎斷了與所有人的聯繫。我的生活變得一團亂，我不知道該如何開口向他們解釋，更不想接受他們的同情或憐憫。」

父親是醫生，再加上母親娘家顯赫的背景，他就像孫承說的一樣，是含著金湯匙出生的少爺，沒有吃過任何苦，也沒有想過，有一天，他會這樣卑微地生存著。

當他那看似光鮮亮麗，實際上卻充斥著謊言的世界崩塌後，他僅剩自尊，所以他寧可一人兼多份工作賺取母親的醫藥費，也不願意碰一毛父親匯給他的錢。他甚至將劉育懷和陶永歆隔絕在外，因爲他不想讓他們看到自己狼狽的模樣。

「前幾天陶永歆有來學校找你，當時劉育懷看到她很生氣，說她背叛了你，這是什麼意思？」梁葳還是有些想不通。

如果是孫群主動與陶永歆斷了聯繫，爲什麼劉育懷會有那樣的反應？

聞言，孫群表情明顯一怔，顯然不知道有這回事。

沉默片晌，他才緩緩啓唇：「永歆她完全不知道我家發生了什麼。出事後，我一直刻意避著她。某天，我在路上看到她和另一個男人走在一起，互動就像情侶一樣……」

孫群停頓了幾秒，空氣裡瀰漫著一股讓人窒息的靜默。

「那個人，是孫承。」

明明他語氣平靜，她聽起來卻震耳欲聾。梁葳感覺腦袋彷彿被人重重一擊，滿腔的錯愕與震驚全部反映在臉上。

「那個當下我才終於意識到，孫承眞的做到了他所說的。」孫群嘴角勾起的弧度有些淒涼，「他搶走了我的一切……我曾經敬愛的爸爸、我的家庭、我愛的女人。」他閉上眼，用著幾乎聽不見的聲音低喃：「我不怪永歆愛上別人，只是爲什麼是他？」

「孫群……」梁葳輕喚，喉嚨卻一陣乾澀，什麼也說不出口。

她也有被人背叛的經驗，當初方兆威只不過是跟一個她不熟悉的學妹在一起，就足以讓她痛徹心扉，甚至對愛情感到有些畏懼。她根本無法想像孫群在經歷了家庭巨變後，看到心愛的女人和搶走自己一切的哥哥在一起，會有多麼痛苦。

「那陣子我不停在想，如果當初我沒有幫我爸瞞著我媽，一切是不是都會不一樣？」孫群的眼眸幽深如沼澤，「每一次看到我媽，我心裡都充滿了罪惡感，直到現在我都還沒有勇氣跟她說，其實我早就知道爸在外面有其他女人。」

「這件事不是你的錯，不該由你來承擔。」梁葳焦急地說道：「你是爲了不讓你媽傷心才會選擇隱瞞，任何人都會這麼做！」

「大概吧……」孫群不置可否，「但要是可以重來，我希望當時的我做出不同的選擇。」

倘若他早點看清父親的謊言，也許就可以阻止之後所有悲劇的發生。

「復學後，我常問自己，我是眞的想當醫生嗎？」孫群的語氣不帶起伏，「我從小就想要成爲像我爸一樣優秀的醫生，可我現在一點也不想變成他那樣的人。不知不覺，我好像逐漸失去了想要成爲醫生的熱忱。」

梁葳將手覆上他放在膝蓋上的手，認眞道：「你和你爸不一樣。」

孫群回過頭，筆直地望向梁葳明亮清澈的雙眼。

她掌心微涼，卻意外地鎭定人心。她的聲音既輕柔又沉著，使他的情緒也跟著平靜下來。

「我好像沒有提過，爲什麼我會突然到盛宇教課吧？」梁葳唇角勾起一抹無奈的微笑，「我是一個自尊心很強的人，這件事除了我最好的朋友之外，沒有人知道，就連我住在國外的父母都以爲我現在還在醫院工作。」

梁葳平時總是笑臉迎人，渾身上下散發出一股與生俱來的自信，看到她露出如此失落的神情，孫群眉頭一皺。

「前陣子總統夫人到沅野醫院進行腦瘤切除手術，你有聽說嗎？」

「嗯。」孫群點頭。

當初事情曝光時，新聞臺幾乎每天都在大肆報導，畢竟沅野醫院一向以完善的設備和頂尖的醫療團隊聞名，從未傳出過任何負面評論，再加上手術對象又是第一夫人，就算他想要不知道也難。

「我記得院方的解釋是主治醫生在手術前身體不適倒下……」孫群回想著當初報導的內容，頓時明白她情緒低落的原因。

「那台手術，本來是我要開的。」梁葳垂下眼，「我和我們科的主任關係一直不太好。我知道他喜歡這種高調的大手術，所以主動將手術讓給他，希望可以藉此改善我們之間的關係，他口頭上答應了，卻沒有在醫院系統裡更改主治醫師的名字。」

明明事情已經過去幾個月，但再次回憶起來，她感覺自己回到了當時，眼神不自覺地黯淡下來。

「手術當天，一個我之前開刀的病患復原狀態不好，但他們沒有錢支付醫藥費，所以我違反了醫院的規定，私下到病患家中幫她看診。」梁葳平淡道，「回到醫院後，我被上層約談，那時我才知道自己被整了。我不但缺席手術，還私下看診，因此被停職處分。院長和我是舊識，剛好王教授因爲車禍的關係必須休養，我才在因緣際會下成爲了代課老師。」

她抬頭看向孫群，苦笑，「這就是我來盛宇的原因，很狼狽吧？」

自從梁葳來到學校後，系上流傳著許多關於她的傳聞，好聽的、難聽的都有。

有人說，她是天才，五年就從醫學系畢業，三十歲前便升上主治醫師，是醫界難得一見的奇才。也有人說，她是和人勾搭，才能迅速爬到那個位置，後來因爲得罪高層，在醫院混不下去，所以跑來學校教書。

如今聽她親口道出事實，孫群不禁感到錯愕。

雖然他早知醫界也有陰暗的一面，但他沒有想到向來單純熱情、與人爲善的梁葳，居然也會成爲別人的眼中釘。

「小時候我身體不好，常進出醫院，看到醫生幫助病患認眞帥氣的樣子，讓我對這個職業有了憧憬，所以從小立志成爲醫生。」梁葳頓了幾秒，「只是進到醫院之後，我發現並不是所有的醫生入行都是單純想要醫治病患……大家爲了權力、名聲而明爭暗鬥。在這樣的環境下久了，我常覺得自己也變得世俗，好像逐漸失去了最初想要成爲醫生的動力。儘管我不後悔自己的決定，但是被停職時，我還是會懷疑自己是否眞的做錯了。我從來沒有想過有一天我會對醫生這個職業失去信心，但那時我心中的確有這樣的念頭……」

說到這裡，她抬頭迎上孫群擔心的眼神。他眉心間掛著幾絲皺摺，欲言又止，似乎還未想好適當的回應。

梁葳嘴角彎起，眼中的陰霾逐漸消去，「可是那天你全心全意爲車禍受傷的女子做急救的樣子，幾乎讓我看出神。在你身上，我找到了自己想要成爲醫生的初衷。」

第一次看到孫群時，他就像太陽一樣耀眼，讓她移不開視線。

「孫群，你會是一個很好的醫生。」梁葳眼裡閃爍著堅定，加深了握著他的手的力道，「在認識你之前我就已經確信這一點，所以拜託你千萬不要放棄成爲醫生的夢想。也許不是每一個醫生都是好人，但是你要成爲什麼樣的醫生，決定權在自己手裡。」

過去幾年，孫群一直都在深淵裡獨行，任由痛苦與憤怒將他吞噬，而梁葳的出現就如同一道溫暖的曙光，照亮了他漆黑的世界，賦予他希望。

看著梁葳，孫群倏地感覺到一股強烈的悸動，那顆他以爲已經死去的心，似乎再次有了跳動的理由。

他單手將她攬向自己，在她耳邊哽咽地低語：「謝謝妳。」

因爲她，他想要成爲一個更好的人。

一個在未來某一天，能和她並肩走在一起的人。

「我沒有辦法想像你經歷了這麼多事情有多麼難受，也不知道該怎麼幫你分擔痛苦，但是只要你不拒絕我，我永遠都會在這裡陪著你。」梁葳緊緊抱著他，感受著他微微顫抖的身軀。

如果可以，她想擁抱傷痕累累的他，讓他不再一個人承受痛苦。

過去幾年，他把自己身上的光芒掩藏起來，獨自躲在黑暗中苟延殘喘。

她想幫他找回以前那個熠熠生輝的孫群，重新在眾人面前閃耀。

這一刻，梁葳也意識到自己對孫群的感情，似乎超越了單純對學生的關心。

她可以有這樣的想法嗎？

第八章

隨著學期邁入尾聲，校園的氛圍也陷入水深火熱，平時總是充斥著說笑聲的教室，近日總是瀰漫著緊繃的氣息，每個人的臉上都帶著因熬夜讀書而缺乏睡眠的疲累，就連梁葳都可以感受到這股無形的龐大壓力正慢慢地吞噬學生們的身心。

於是她特地準備一份期末講義，總結了整個學期的重點，以及過去期末考常出現的題型，希望藉此幫大家減輕一些負擔。

「下禮拜是期末考週，這堂課的考試在星期五，如果各位同學考前有任何問題，隨時都可以寫mail或是到研究室找我。」下課鐘聲響起，梁葳放下手中的粉筆，「今天的課就上到這裡，謝謝大家。」

不意外地，梁葳才剛宣布下課，講桌四周立刻擠滿了問問題的學生。

她一如往常耐心地回答每個人的問題，眨眼間，半小時就過去了。

隨著人潮逐漸散去、教室裡只剩下她一個人時，她才開始慢慢整理剛剛上課的教材。昨晚爲了整理講義，她幾乎沒有睡覺，今天一早來學校便有接二連三的會議要開，直到現在已經下午三點了，她連一餐都還沒吃。

走回研究室的路上，她開始思考自己還能夠多做什麼幫助學生，一陣風忽然將她手裡多印的講義吹到幾公尺外的地上。

她上前蹲下撿起講義，然而當她準備起身時，突覺眼前一黑，她連忙停下動作，闔上眼，在原地等待頭暈目眩的感覺退去。

而後，她聽見耳邊傳來一道熟悉的嗓音，語氣中帶著著急：「妳沒事吧？」

梁葳緩緩睜開雙眼，只見孫群彎下身子，一隻手伸到她面前，輕聲問：「起得來嗎？」

她愣怔了片刻，才握著他的手起身。

她眨了眨眼，試圖讓自己清醒一些，「我沒事，只是突然有點低血壓，謝謝你。」

「妳現在會覺得頭痛、想吐或是哪裡不舒服嗎？」孫群眉間微蹙。

見他一臉正經的模樣，梁葳開玩笑道：「沒有，孫醫師。」

聽到她打趣的回應，孫群終於放心了一些，「妳要回研究室？」

「嗯。」她點頭。

下一秒，梁葳感覺手中的重量瞬間一掃而空，只見孫群伸手拿過她手裡的書本、筆電和講義。她驚訝地睜大眼，想要婉拒，「沒關係，我自己拿……」

然而孫群完全不給她拒絕的機會，加快腳步往她研究室走去。

看著他高眺的背影，梁葳嘴角彎了彎。

明明是微不足道的舉動，卻讓她原本平靜的心湖彷彿被人投入了一顆石子，盪起一波淡淡的漣漪。

上一段感情結束後，在長達六年的感情空窗期裡，她將自己全心投入工作，對於愛情沒有任何嚮往或期待。她身邊不缺乏向她示好、條件優秀的男人，可從來沒有人像孫群一樣，給她這種久違的悸動。

梁葳也說不上來這份情愫從何而來，也許在第一次遇見孫群的時候，他就已經在她心裡留下了深刻的印象吧？

她想要接近他、了解他，幫助他走出過去的陰影，就算在過程中，她很有可能會受傷，她也不在乎。

來到研究室前，孫群將手上的東西歸還給梁葳。

「謝謝你。」梁葳莞爾一笑，「考試準備得還好嗎？你學期初有錯過一些課，如果有不懂的地方，我可以幫你複習，不用客氣。」

「不用了，謝謝。」孫群搖頭。

聽到他的拒絕，梁葳心裡莫名泛起一陣失落。

「也是。」她扯出一抹笑，故作輕鬆道：「你成績那麼好，相信期末考難不倒你。」

「妳今天看起來很累，還是多休息吧。」孫群並未為她的稱讚感到開心，只輕聲說：「妳不需要老是想著幫學生分擔考試的壓力，這是學生自己應該擔負的。」

或許是因爲在醫院的每個人，身上都承載著龐大的重擔，因此鮮少刻意出言關心對方，梁葳已經想不起來上一次有人這樣關心她是什麼時候的事了。

不過這也讓她意識到，原來身邊有一個在乎自己、擔心自己的人，這麼讓人感到心動。

有那麼一瞬間，梁葳忍不住沉迷在孫群溫柔的眼神裡，兩人之間的距離近到她可以聞到他身上的氣息，她感覺自己的心跳倏地加快。

「我沒事。」她臉頰一熱，反射性低下頭，「這是身爲老師應該做的，況且我是第一次當老師，我不希望大家考差了是因爲我教得不好。」

梁葳爲自己的慌亂感到懊惱和丟臉。她早就不是情竇初開的小女生了，只是孫群爲人成熟穩重，她偶爾會忘記兩人之間的年齡差距，一想到自己居然因爲一個比自己年齡小的男生而如此緊張，她突然很想找個洞把自己埋起來。

孫群低沉的嗓音在空曠的走廊上響起：「妳教得很好，別人考不好，那是他們的問題，與妳無關。」

從小到大，梁葳都是別人口中的天才，她幾乎不曾懷疑過自己的能力，但是經歷了今年的風波和低潮，即使她表面上依然保持自信從容，內心深處還是不免對自己產生了質疑。

也許，她沒有別人口中說得那麼好。

此刻聽見孫群這麼說，她竟眼眶微微一熱，「謝謝你……」

「下禮拜考試見。」孫群唇角彎起，轉身離去。

看著他逐漸消失在走廊盡頭的身影，梁葳不由得想著：考完試後，他們還會再見面嗎？

王教授已經出院了，只要他暑假期間好好復健和休養，下學期回到學校任教應該不成問題。

屆時，她還有機會再見到孫群嗎？

還是他們會成爲兩條平行線，回到各自的世界，過著沒有交集的生活？

「梁醫師。」

倏地，一道嚴肅的聲音打斷了她的思緒。

轉頭一看，系主任陳明雄站在遠處看著她。陳明雄除了是醫學系的教授，也是盛宇醫院泌尿科的主治醫師，當初她在盛宇實習時曾經是他的學生。

「陳教授好。」梁葳連忙向對方打招呼。

自從來到盛宇後，梁葳隱約感覺到陳明雄對她存在著一些偏見。平時在系務會議上，他總是有意無意批評年輕醫師做事不夠仔細、自以爲是，而全場就只有她一個三十歲以下的女醫師，其餘的教授全都是四十歲以上的男醫師，就算沒有指名道姓，她仍不免感到尷尬。

每當她在會議上提出意見，陳明雄總是當著眾人的面用略帶不屑的口氣駁回她的提議，一點面子也不留。梁葳知道在他眼中，她不過就是個乳臭未乾的小女孩，沒有和他一起共事的資格。

陳明雄對待她的方式，和楊皓有點像。

「剛才那是孫院長的兒子？」陳明雄朝她走來。

「是的。」梁葳愣了下才點頭，不由得想著陳明雄站在這裡很久了嗎？剛才她和孫群的互動，他都看到了嗎？

「傳聞他平時都不來上課，對師長也很沒有禮貌……」陳明雄語氣輕蔑，搖頭道：「沒想到孫院長居然會有這樣的兒子。」

平時陳明雄對梁葳冷嘲熱諷，她雖然不服氣，卻因不想正面起衝突而選擇吞忍，可是一聽到他如此藐視孫群，她再也無法保持沉默。

梁葳開口道：「孫群最近都有來上課，在校成績也都排在系上前百分之五。很多事情不能只看表面，孫群有他的苦衷，但是他很努力，以後一定可以成爲非常優秀的醫生。」

「妳——」儘管梁葳語氣平靜，然而在陳明雄耳裡聽起來形同挑釁，他臉部肌肉一抽，正想駁斥她，又意識到此刻處於公共場合，只得按捺住憤怒的情緒，意有所指道：「梁醫師，請妳注意言行，別總是做出一些讓人誤會的舉動。」

「陳教授，您這是什麼意思？」梁葳擰起眉頭。

「早有耳聞妳和孫院長的兒子走得很近，妳現在是老師，有些行爲是不允許的，妳自己應該清楚。」陳明雄義正詞嚴，口吻多了點嘲諷，「妳在沅野醫院鬧出的事情我也不是沒有聽說。妳和邱院長關係好，妳犯錯，他幫妳善後，甚至推薦妳來盛宇，但當醫生講求的是實力，別以爲妳是女人就可以靠著別人往上爬。」

原來是這樣。

他認爲她是靠男人才爬到今天的位置，所以總是一副看不起她的樣子。

「陳教授，您如果對我有任何不滿或指教，我都虛心接受，但請您不要牽扯到邱院長。」梁葳直視著他，眼中毫無畏懼，「邱院長和我認識多年，是我非常尊敬的長輩，他的爲人處事和人品眾所皆知，請您說話自重。我還有工作要處理，就先不浪費您寶貴的時間了。」

說完，她走進研究室，背靠在關上的門板上，闔上眼睛，深吐出一口氣。

「妳現在是老師，有些行爲是不允許的，妳自己應該清楚。」

是啊……在外人眼中，她和孫群的關係是老師和學生，再多靠近一步，就是違反道德。

回想起方才心頭那股悸動，她胸口一陣窒悶，她感覺自己的眼前恍若多了一道寬闊的溝渠，水流湍急，她跨不過去，也不一定有勇氣嘗試跨越。

✦

期末考試的前一天，梁葳整天都待在學校幫學生解答疑問，忙得不可開交。

傍晚一回到家，她立刻用熱水沖去一身的疲勞。出了浴室，她隨手打開臥室裡的電視，新聞頻道播出的內容令她既錯愕又震驚。

鏡頭裡的楊皓戴著口罩，從派出所裡走出來，記者蜂擁而上將他包圍，刺眼的閃光燈毫不留情地拍打在他的臉上，他無處可躲、狼狽不堪的模樣全被攝影機捕捉下來。

「身爲沅野醫院神經外科主任，這次被控與醫療廠商勾結，強迫病人使用高價藥物一事，請問你有什麼話要說嗎？」

「根據檢方的說詞，你從中至少賺取了上千萬的利潤，請問這是事實嗎？」

「沅野醫院剛才已經召開記者會，表示這一切都是你私下的個人行爲，醫院完全不知情，你要爲自己辯解嗎？」

面對記者犀利的提問，楊皓只是保持沉默。

直到這條新聞結束，梁葳依舊有些反應不過來。見到楊皓自食惡果，她應該要幸災樂禍，然而此刻她卻五味雜陳，一點開心的感覺也沒有。

忽然，她的手機鈴聲響起，來電顯示的名字是許久沒有聯絡的邱院長。

「喂，院長……」

「葳葳。」電話另一端邱院長的聲音聽起來有些疲憊，「看到新聞了嗎？」

「嗯，沒想到楊主任……」

「除了和廠商勾結，他還做了很多不該做的事，只是新聞沒有爆出來。」邱院長嘆了一口氣，「理事長已經將他解聘了。楊主任平時行事高調，這次鬧出醜聞，負責這個案子的檢察官又是出了名的清廉，他可能逃不過幾年的牢獄之災……」

儘管她打從心底看不起楊皓，但他畢竟曾經是她的老師和同事，加上她本來就比別人更容易心軟，對於他落得這樣的下場，她還是不免感到不勝唏噓。

「葳葳，在這次調查中，楊主任承認妳先前並非故意缺席手術，而是他陷害妳的。醫院內部現在一團亂，神經外科少了楊主任，不僅是少了一名主管，也少了一雙手。」

梁葳幾乎可以猜到邱院長下一句要說什麼。

「葳葳，這也是我打這通電話給妳的主要目的……妳願意回來沅野嗎？」

當梁葳聽見邱院長這番話時，她沒有開心雀躍，而是感到了遲疑。

她想起了孫群，要是她回醫院工作，即使他的世界放晴了，她看得到嗎？

隔天，梁葳在考試結束後，向眾人宣布自己即將返回醫院復職。

「謝謝你們給了我非常寶貴的經驗和難忘的回憶。未來你們每一個人都會是很優秀的醫生，相信在醫學這條路上，我們很快就會再見面。」

聽她這麼說，教室裡的氣氛從原本準備慶祝學期結束的歡樂，瞬間陷入滿滿的驚訝與不捨。

「太突然了吧！」

「老師，妳一定要回醫院嗎？不能再多留一學期嗎？」

「老師，我們會超想念妳的！」

「不如我們幫老師辦歡送會，大家說怎麼樣？」劉育懷提議。

眾人紛紛點頭叫好，劉育懷自告奮勇接下籌辦工作，誇下海口要幫梁葳辦一個難忘的歡送會。

看著大家對於她的離開依依不捨，梁葳心頭一陣溫暖，眼裡閃爍著感動。

最初她來到盛宇的原因是不光彩的，以為這裡只是她度過低潮的避難處，卻意外地收穫良多，甚至有點捨不得離開。可是她終究是醫生，醫院才是她所屬的地方。

在一片熱絡的討論聲中，梁葳的目光捕捉到坐在臺下一聲不吭的孫群。

他深邃的眼眸不偏不倚迎上梁葳的雙眼，她感覺周遭吵雜的聲響頓時全都消失了，教室裡彷彿只剩下自己和孫群兩個人。

看著孫群難掩錯愕的神情，梁葳胸口一陣悶緊。

也許在內心深處，她其實……不想說再見吧？

不想和這個人說再見。

✦

劉育懷很有效率地在兩天內規畫好歡送會，地點選在位於台北市精華地段一家新開幕的餐廳，叫做SKYLINE。

這家餐廳是台灣餐飲界龍頭仁璽集團少東所投資，風格跳脫了仁璽集團過往擅長的傳統台式料理，走的是無國界風格菜肴，搭配創新的菜單，餐廳一開幕便立刻爆紅，近兩個月的預約都已額滿。

「劉育懷，這家餐廳也太棒了吧，你怎麼找到的？」

置身在優雅舒適的餐廳內，班上同學享用著盤中精緻的餐點，向劉育懷投去讚賞的目光。

「這個嘛……」劉育懷神祕一笑，「我在醫院見習時認識了一位小兒外科的學長，透過他結識了這家餐廳的老闆。老師的歡送會肯定不能隨便找間餐廳了事，就打了通電話碰碰運氣，結果他二話不說就幫我弄到了位子。」

「這家餐廳的老闆不就是仁璽集團的少東嗎？」一名女同學問。

「劉育懷，你認識這麼大咖的人，怎麼不介紹一下？」其他女生跟著附和。

「跟他傳緋聞的都是女神等級的女明星，妳們還是認眞念書當醫生比較實際。」劉育懷毫不留情地調侃，立刻惹來女同學們一陣不滿。

梁葳看向劉育懷，「育懷，謝謝你在短時間內幫我辦了一個這麼完整的歡送會。」

「這是我該做的！我本來對於當醫生這件事，抱持無可無不可的態度，自從妳來到盛宇後，我受到妳的影響，多了一股想要成爲醫生的衝勁。」劉育懷舉起手中的紅酒杯，微笑道：「謝謝妳，梁醫師。」

見狀，班上同學也紛紛舉起酒杯，向梁葳表達感謝與不捨。

「謝謝大家……」梁葳平時不是太情緒化的人，但這回她還是爲之鼻酸。

她知道，這將是她一輩子都不會忘記的回憶。

整晚的飯局氣氛熱絡融洽，眾人聊起這學期的種種和在醫院見習時所發生的趣事，也問了梁葳關於她接下來回到醫院的打算。

由於餐廳老闆送了許多瓶紅酒，整個晚上大家紛紛找梁葳敬酒。縱使她的酒量不錯，但是連續和二十幾個人乾杯，她就算沒有爛醉如泥，也有些微醺。不過她屬於喝茫了腦袋還是能夠正常運作的類型，表面上倒看不出任何端倪。

有了酒精的點綴，氛圍越來越激昂，在一片飲酒作樂中，只有孫群一個人顯得格外安靜。

整個晚上，唯獨他沒有找梁葳敬酒或搭話。明明他就坐在她斜對面，兩人卻連眼神交會都沒有，彷彿回到了兩人初次見面時的冷淡互動，這讓梁葳心裡有種說不上來的酸楚滋味。

晚餐結束後，大家在餐廳門口做最後的道別。也許是因爲喝了酒，許多人情緒比平時更加激動，甚至眼眶泛紅，差點就要哭出來了。

「老師，等一下我們有些人要去唱歌，妳要不要一起來？再多陪我們一下嘛！」劉育懷提議。

「我明天要回醫院上班，就不去了。」梁葳禮貌地婉拒，「你們好好玩吧，注意安全。」

儘管失望，但是梁葳提出的理由正當，眾人便不再試圖說服她。

臨走前，劉育懷看向身旁的孫群，「你不來嗎？」

「不了。」孫群搖頭，「我有事，你們去吧。」

劉育懷不意外孫群的拒絕，畢竟他平時從來不出席這類活動，於是也不多言，逕自隨著其他人離開。

待眾人離去後，梁葳闔上眼，手扶著額頭，等待暈眩的感覺退去。

今天晚上她至少喝掉了一整瓶紅酒，有些頭昏腦脹，方才顧忌學生都還在場，她不想失態，現在終於可以放鬆下來了。

「妳還好嗎？」

梁葳睜開眼，發現孫群正一臉擔心地看著她。

見她直愣愣地望著自己，孫群皺起那雙好看的眉毛，「妳醉了。」

除了臉頰上那抹不明顯的紅暈外，她看起來一切如常，也難怪大家會接連不斷地找她敬酒。只是他在酒吧工作過，一眼就能看出她的眼神已經有些迷茫，意識也在恍惚的邊緣遊走。

她眨了眨眼睛，點點頭，大方承認：「嗯，我醉了。」

在孫群面前，她好像沒有繼續逞強的必要。

孫群低嘆了一口氣，目光柔和，「我送妳回家。」

「沒關係，我——」

「現在是晚上，妳是女生，又喝醉了，一個人回家太危險。」他的語氣溫柔又帶著不容拒絕的霸道。

然後，他拉起她的手腕，順手招了一台計程車，將她推進車內。

梁葳堅持自己意識很清醒，結果她一上車報完地址，不到幾秒鐘便沉沉睡去。

見狀，孫群嘴角揚起一抹無奈的弧度。

看著梁葳的頭因為車子行駛而前後搖晃，孫群伸手扶住她的前額，深怕司機突然緊急煞車，她會撞上前方的椅背，但這似乎不是最好的方案。

最後，他小心翼翼地將她纖細的身軀攬向自己，讓她睡在自己的肩頭。

前幾天當她宣布自己即將回到醫院任職時，孫群感覺腦袋彷彿被人重重一擊，久久無法回神。早就知道她的正職是醫生，醫院才是她的歸處，他卻貪心地希望她可以在他的世界多停留一會。

她的出現宛如一縷和煦的春風，為他如死灰般的世界再次帶來生機與希望。

梁葳聰明、美麗、善良、自信、勇敢、正直……她是如此美好，美好到缺乏真實感，彷彿只要他一伸手觸碰就會立刻化為烏有，一切只不過是他的幻想。

「我沒有辦法想像你經歷了這麼多事情有多麼難受，也不知道該怎麼幫你分擔這些痛苦，但是只要你不拒絕我，我永遠都會在這裡陪著你。」

那天晚上梁葳緊緊擁抱著他，讓他久違地感覺到自己有了依靠。以前沒有勇氣開口向別人坦誠的事，在她面前卻能輕而易舉說出口，他不再需要獨自承擔所有的痛苦，不論是父親的謊言、母親的失控、陶永歆的背叛，或是孫承的冷嘲熱諷……

明知自己沒有資格把梁葳留在身邊，可他的內心深處卻自私地希望她可以不要離開……

計程車停在一棟熟悉的高級公寓大樓前，孫群從皮夾抽出幾張鈔票遞給司機，並輕輕地搖了搖梁葳的肩膀，「梁……」

他才剛張嘴就止住了話。

他該怎麼稱呼她？

老師？醫師？學姊？

每一次他喊她「老師」都是氣頭上，他其實不希望兩人被侷限在師生關係裡。

猶豫半晌，他最後只是拍了拍她的肩，輕聲道：「到家了。」

梁葳睜開眼睛，迷茫地看向孫群，再看向車窗外的大樓，花了幾秒鐘才反應過來……天啊，自己居然睡著了！

「抱歉。」她尷尬一笑，並用力甩了甩頭，試圖讓自己清醒一些，但仍感昏昏沉沉，一半是酒精作祟，一半是因爲這幾天她爲了即將回到醫院復職而備感壓力，幾乎沒怎麼睡。

梁葳正要拿出錢包支付車資，卻被孫群制止，「已經付了，別擔心。」

「這怎麼好意思……」她皺眉。

孫群打開車門率先下車，並且很自然地向車子裡面的梁葳伸出手。

梁葳愣怔了一下，才伸手握住。他的掌心溫暖而厚實，讓她感受到一股可靠的安全感。

原本孫群只打算陪梁葳走到公寓大廳，只是見她步伐踉蹌的模樣，他放不下心，便決定陪她搭電梯上樓，確保她安全進到家門。

梁葳在門把上的密碼鎖快速按下幾個數字，大門自動打開。

她轉身看向孫群，抿抿唇，低聲道：「謝謝你送我回來。」

孫群卻沉默不語。

整晚他都沒有主動找梁葳攀談，不是不想和她交流，只是他心裡覺得如果他一開口，那就是道別。她回到醫院、他繼續念書，少了學校這個交集點，日後兩人大概也不會再有見面的機會和理由了。

可是，他不能再逃避了，這就是離別了吧？

「不會。」他淡淡一笑，輕聲道：「妳休息吧，我不打擾妳了，祝妳回到醫院之後一切順利……」他停頓了幾秒，將內心的失落隱藏在勉強勾起的唇角下，「再見。」

語畢，他轉身準備離去，還未跨出第一步，手腕便被拉住。

回頭一看，孫群便直直對上梁葳同樣驚訝的目光，彷彿她也沒有料到自己會有這樣的動作。她像是有話想說，卻不知道如何開口。

「老師，妳——」

「別叫我老師。」她打斷他，「我已經不是你的老師了。」

孫群先是一愣，接著改口：「梁醫師……」

「也別叫我醫師。」話一出口，梁葳似乎也感到彆扭，下意識低頭避開他的視線。她想自己眞的醉得不輕了，才會莫名其妙拉住對方，又語無倫次。

其實她只是……不想他離開而已。

「那我該叫妳什麼？」孫群定定地看著她。

「名字。」梁葳飛快瞥了他一眼，小聲道。她的性格一向直來直往，不喜歡扭扭捏捏，如此拐彎抹角提出這種要求，就連她自己都感到害臊。孫群從來沒有喊過她的名字，她想聽他喊自己的名字。

孫群安靜片刻，輕聲喚道：「梁葳。」

他富有磁性的嗓音迴盪在耳邊，宛如一根輕柔的羽毛拂過，令梁葳心頭發癢。

「妳醉了，早點休息吧。」孫群低頭看向她依舊握著他手腕的手，將她的舉動解讀成酒醉神志不清。

梁葳瞅著他看，眉頭皺起。過了今晚，也許她就不會再見到孫群了，她無法若無其事地將這份感情藏在心裡，最後無疾而終。

「孫群，我對你好像有超出友誼的情感，怎麼辦？」梁葳脫口而出。

孫群一怔，吶吶開口：「我——」

不等他把話說完，梁葳一個箭步上前，主動吻上他的唇。

孫群瞠大雙眼，她的唇瓣溫熱柔軟，她的吻甚至還帶著些青澀，直到她緩緩退開後，他仍不敢置信。

望著孫群驚愕的眼神，梁葳這才意識到剛剛自己做了什麼，以及這個未經深思熟慮的吻有多麼唐突，她頓時被嚇得酒意全消。

她到底在做什麼？強吻自己的學生？

「抱——」梁葳尷尬地扯了扯嘴角，正要開口道歉，孫群搶先一步俯身吻上她的唇，這回換她像尊雕像一樣僵在原地。

和她剛才那個蜻蜓點水的吻不一樣，孫群的吻多了纏綿繾綣，溫柔中帶著保留與謹慎，像是怕弄傷了她，或者被她推開。

幾秒後，梁葳本能地開始回應他的親吻。她雙手攀上孫群的頸子，將他拉向自己。孫群得到她的允許，長臂一把摟住她的腰，另一手捧住她的臉，加深了這個吻。

這一刻，他們放下所有的顧忌，彷彿全世界只剩下他們兩人。

原本輕柔的吻越來越激烈，他們一路從門口吻到了玄關，再到客廳，最後到了主臥室，兩人都不願就此停下。

一開始是梁葳主動，半途孫群便奪走主導權，將她吻得全身酥麻，沒有多餘心思去思考其他。四周只剩下急促的呼吸聲，以及如同脫韁野馬般奔馳的心跳聲。

孫群感覺自己全身每一寸肌膚都在發燙，黑眸深情地看向梁葳，她小臉泛著紅暈，動情的模樣讓他心裡掀起一陣波瀾。

即便從小到大他被女生告白的次數兩隻手都數不完，但真正交往過的女朋友只有一個，而那段感情的結束徹底銷毀了他對人的信任和對愛情的憧憬。

然而此刻的他有種想要把這輩子所有的感情都給梁葳的衝動。

他明明知道他們之間有太多的不可以，但儘管他再怎麼壓抑自己的心緒，當一個讓他心動的人主動吻他，他該如何拒絕？

他們就這樣互相凝視著對方，瞳孔中倒映著彼此的身影，微弱的喘息聲迴盪在房間裡，顯得挑逗又煽情。他們都是成年人，彼此都知道接下來的發展，但是理智告訴他，不能再繼續下去了。

「梁葳……」他的嗓音沙啞，「我們……」

我們不可以。

梁葳似乎看穿他的想法，搶先在他將句子說完前小聲制止：「別說。」

話一落下，梁葳低頭，不敢直視他的眼睛。

她今天簡直瘋了，不僅喝醉、強吻自己的學生，現在又講出這種莫名其妙的話，這根本不是平時的她。可是自孫群走入她的世界那一天起，他的一切就深深地烙印在她的腦海中，揮之不去。

從最初對他的好奇，到現在想要陪他治療內心的傷痛、找回從醫的熱忱、重新展露笑顏，她不確定這是不是愛情，但她知道至少在這一刻，她想要跟他在一起。

聽見梁葳這麼說，孫群伸手捧住她的臉，情不自禁地再次吻上她的唇。

在一陣熾熱纏綿中，他們身上的衣物一件件落在地上，當孫群結實的上身赤裸地展現在梁葳眼前時，她最先注意到的是他右肩上的燒傷，她的眼中立刻浮現心疼。

「會痛嗎？」她的手輕拂過傷痕。

「不會。」他搖頭。

幾年過去，傷口早已癒合，但依舊無法抹去受傷的痕跡，就像經歷過這些事情的他，也已不再是以前的孫群。同時，這道傷疤像是無聲的提醒，讓他想起那些暫時被他遺忘的包袱還有束縛，內心頓時充斥著許多複雜的情緒。

然而望著她明亮的雙眸，他的告白在毫無準備之下脫口而出。

「我喜歡妳。」

他喜歡梁葳，喜歡到他希望時間可以永遠停在這一刻，喜歡到他希望自己可以不顧慮許多就和她在一起，喜歡到他討厭自己為什麼不能再更好一些，成為一個和她相配的男人。

他一直在想，究竟是從什麼時候開始，他對她產生了不一樣的情愫？

是初次見面時，他幫那位出車禍的女子做完急救，她幫他包紮傷口時對他露出微笑的瞬間？

是在酒吧當孫承找他麻煩時，她為了他打傷孫承，甚至在他拒絕去急診時，沒有多想就將他帶回家治療的那一晚？

還是當她聽他訴說著那些沉重的過去時，毫無猶豫將他擁入懷中的那一刻？

他感覺自己從未對她釋出善意，甚至將她拒絕在外，她卻一再把他放在心上，總是在他需要依靠時陪在他身邊。

因為她，他重新找回了差點被他放棄的夢想。

她就像一帖良藥，跟她在一起時，他感覺傷口彷彿被治癒，不再疼痛。

這樣美好的一個人，他要如何不愛上她？

梁葳沒有想到會先從孫群口中聽見告白，她很驚訝，同時心中微微一甜，可是她遲遲等不到他的下一步動作，梁葳驀地從他複雜的眼神裡明白了他沒說出口的話。

她無奈一笑，「但是我們不能在一起，對吧？」

「妳對我來說很重要。」孫群的舌尖嘗到了難言的苦澀，「我不希望妳因為我而受到別人異樣的眼光或是指指點點。」

她是主治醫師、是老師，而他不但是她的學生，還是醫院院長的兒子。光是這些，就足以讓外界編造出各種不堪的故事，身處在這個充斥著流言蜚語的社會裡，他知道最終她受的傷會比他重，他不願意讓梁葳承受任何委屈。

「認識妳之後，讓我想要成為一個更好的人。」孫群深吸一口氣，沉聲說：「我希望有一天，我可以成為一個配得上妳、與妳並肩走在一起的人。」

梁葳眼眶一熱，聽到孫群如此重視她、為她著想，她心頭不禁湧上感動。在她眼裡，孫群已經足夠好了，好到她願意為他進行一場冒險。

「至少今天晚上，我不是老師，你也不是學生……就只是梁葳和孫群，好嗎？」梁葳的眼珠被淚意浸得亮晶晶的，宛如映著星辰。

孫群望著她，淺淺一笑，「好。」

就這一晚，他們沒有顧慮地在一起，不去想明天，不去管以後。

第九章

正式復職後，梁葳連適應的時間都沒有就陷入一陣水深火熱。

楊皓鬧出的醜聞讓沅野醫院受到嚴重的負面影響，幾名與楊皓熟識的資深主治醫師也從中獲取利益。醫院為了避嫌，便將全部有關連的醫生都停職，內部因此亂成一團。

同時，因為神經外科失去許多人力的關係，梁葳除了早上得看門診，手術行程也是滿檔，幾乎每天最少都要開三台手術，神經外科的手術時間又普遍偏長，因此每天在手術房待上十幾個小時已經成為她的日常。

雖然以前每天的行程也很忙碌，但也許是她習慣了過去幾個月較為輕鬆的教職生活，如今一下子突然面對超長的工作時間和手術壓力，這讓梁葳不論是心理上或是身體上都有些吃不消。

晚上八點，梁葳結束今天的最後一台手術，踏著沉重的步伐朝休息室走去。她打了一個哈欠，並揉了揉痠痛的頸肩，儘管緊繃的心情終於放鬆了一些，可疲憊的感覺絲毫沒有減少。

進到休息室，她換下身上的手術服，並在離開前先繞去護理站確認所有病患的情況。

確認完之後，她向護理站幾名值班的護理師微笑道別，「大家辛苦了，明天見。」

護理師們愣了幾秒，才連忙扯出一抹笑容，「梁醫師，拜拜。」

捕捉到大家的表情變化，梁葳神情一僵，沒有多說什麼，只是快步朝電梯走去。即使眾人裝出一副若無其事的模樣，她還是感受得到瀰漫在空氣中的尷尬。

自從回到醫院，梁葳明顯察覺出大家對她的態度轉變。

由於梁葳的性格平易近人，又是神經外科少數的年輕主治醫師，以前護理師和住院醫師總愛繞著她打轉，醫院裡有什麼八卦消息也都搶著第一時間和她分享，互動就像朋友一樣。

再次回到醫院，她和大家之間好像多了一道隱形的牆，每一次的交集都非常生疏且充滿距離，同樣的，神經外科裡較資深的主治醫師對她的態度也很冷淡，完全沒有久違重逢的喜悅。

她猜這個變化跟楊皓脫離不了關係，她不知道在自己停職的這段期間，楊皓散播了什麼謠言。走在醫院裡，她時常接收到一些醫護人員對她投射的異樣眼光和竊竊私語，有時候經過廁所或是休息室時，她也會聽到同事在討論她被停職的事、她與楊皓的糾紛，以及她之所以能復職是因爲邱院長私心偏愛她的緣故。

即使她告訴自己，目前醫院正處於風波之中，大家才會特別敏感，但是這種被人放大檢視的感覺還是讓她深感鬱悶。

明明她終於回到了醫院，做著她熱愛的工作，可是爲什麼她卻不快樂？

回到家後，梁葳快速洗過熱水澡，然後無力地癱倒在大床上。

一想到隔天早上有門診，下午還有三台手術，她就感到精疲力竭。以前的她對於工作總是充滿熱血與幹勁，但是現在醫院的風氣卻讓她起了想要逃避的念頭。

梁葳兩眼空洞地凝視著米白色的天花板，身體已經累到沒有任何多餘的精力，可是她的腦袋此刻仍異常清醒。

她想起了孫群，想起了那天晚上發生的一切，她總覺得被他親吻過的地方和觸碰過的位置依舊微微發燙。

那天，她和孫群相擁入睡，她第一次希望明天的太陽可以不要升起，時間可以永遠停留在這一刻。

看向大床旁邊的空位，她單身這麼多年以來，難得有了寂寞的感覺。

原來，她也想要有人陪、有人依靠、有人爲她擔心。

「孫群，我想你了……」

✦

眨眼間，夏天就在忙碌之中不知不覺過去了，迎來了涼爽的初秋。

三個禮拜前，楊皓的案子判決結果出爐，他被判處四年十個月徒刑，其他涉案醫生也都得到相應的處罰——永久吊銷醫師執照。

這陣子新聞每天大肆報導，醫院門口也總是擠滿媒體記者，不但讓這次的風波成爲了全台人民茶餘飯後的話題，也掀起了一番醫學道德的爭論。此外醫院對於案件亟欲撇清關係的處理態度也遭受大眾撻伐，這一切都讓沅野醫院的名聲和信譽跌入谷底。

過去沅野醫院牽扯到的所有醫療糾紛也都被翻出來檢視，這當中當然包括了先前總統夫人開刀主治醫師臨時缺席一事，畢竟楊皓可是當時的大功臣。

梁葳知道自己沒有做錯事，然而此事再度浮上檯面，導致她又成爲流言蜚語的主角，讓她備感壓力，甚至身心俱疲。

坐在醫院中庭的長椅上，梁葳望著前方一片蔚藍的天空，闔上雙眼，任由秋天的涼風輕拂過她的臉龐，試圖靜下心來享受這段清閒。

她剛開完一台微創脊椎手術，難得接下來的時間都沒有安排其他手術。

前陣子她還有些不適應忙碌的工作行程，現在她卻希望每天手術滿檔，唯有在手術進行時，她才能全神貫注救助病患，不去顧及別人投來的異樣眼光。

縱使近期媒體的關注終於漸漸淡去，醫院內部依舊尚未整頓好，隨處都可以聽見住院醫師聚在一塊在討論準備跳槽的打算。

不過梁葳也可以理解，畢竟這次不論是楊皓的個人行爲或是醫院的處理態度都讓人感到失望，也讓不少醫生對這樣的工作環境產生質疑。

當初她選擇來到沅野醫院，不僅是她和邱院長認識多年，也因爲沅野醫院的良好風評，但是現在這裡已經不再是她記憶中的樣子，也不再是她想要待的地方了。

忽然，白袍口袋傳出的震動聲響打斷了梁葳的思緒，她拿出手機一看，螢幕上顯示著來自護理師的訊息：

「梁醫師，有一份診斷證明書需要您簽名，要麻煩您回來一趟。」

梁葳起身準備走回醫院，眼角餘光瞥見幾公尺外的地上似乎有什麼東西熠熠生輝。她上前彎下身子仔細一看，是一枚鑲著鑽石的垂吊式耳環，從耳環精緻的設計還有鑽石的大小來看，她猜應該價值不斐。

梁葳環顧四周，附近只有一名坐在輪椅上、正安靜觀望花圃的婦人。

她朝婦人走去，禮貌問：「不好意思，請問這是您掉的東西嗎？」

婦人抬頭看向她，再看向她掌心上的耳環，驚慌地摸了摸自己空無一物的右耳垂，連忙點頭，「啊，是的！眞不好意思，謝謝妳。」

梁葳莞爾一笑，將耳環歸還給婦人，「不用謝。」

「我太久沒帶飾品了，看來是沒戴好，掉了都沒發現。」婦人無奈一笑：「這是我先生送給我的結婚二十週年禮物，要是弄丟了就糟了。」

「耳環很漂亮，看來您的先生很疼愛您。」

聽見梁葳不經意的讚美，婦人的身子微微一顫，但沒有說話，只是快速將耳環重新戴上，再次迎上梁葳的目光。

婦人的年齡大約五十出頭，儘管臉上有著歲月的痕跡，仍能看出她年輕時必然容光照人。梁葳注意到她展露在衣服外的手背和脖頸，皮膚明顯比較暗沉，似乎曾經接受過植皮治療。

「妳長得眞漂亮，妳是醫生嗎？」

突然被稱讚，梁葳感到不好意思，點點頭，「是的。」

「內科？」

「外科。」

婦人垂首一笑，「跟我先生一樣呢。」

「你先生也是沅野的醫生嗎？」

「沒有，他在別的醫院工作。」婦人搖頭，眼中升起一絲懷念和惆悵，「當年剛認識他的時候，他和妳一樣，都是年輕又有魅力的醫生，在醫院裡很受歡迎。」

受歡迎嗎？

她想這個詞在她身上可能不再適用了。

「你們是在醫院認識的嗎？」梁葳好奇問。

「嗯。」婦人點頭，「我二十四歲時，父親送了我一台車當作生日禮物，沒想到首次開上路就出車禍，頭部受到撞擊，在醫院昏迷了好幾天。當時我先生還是住院醫師，在我住院的那段期間，他總是特別照顧我，後來就交往了。」

「您的先生聽起來是個很體貼的人。」

「是啊……」婦人無奈一笑，用著梁葳幾乎快要聽不見的聲音喃喃道：「不管他做了再過分的事，我還是忘不了他最初美好的那一面……」

梁葳還來不及回應，遠方響起一道急切的女聲。

「孫太太，妳怎麼又亂跑了！妳忘了妳等一下兩點半和王醫師有約嗎？」

梁葳順著聲音的來源看去，一名中年護理師焦急地快步跑來。

「還有，妳兒子來看妳了！」

下一秒，梁葳注意到走在護理師身後的高眺身影，她一瞬間居然反應不過來。看著她朝思暮想的人，只感覺這一切好不真實。

「孫群……」梁葳下意識喚出對方的名字，一旁的婦人也同時開口。

「寶貝。」婦人眼裡盡是慈愛。

孫群在她們面前停下，他那雙幽深的黑眸顯得平靜鎮定，彷彿不意外在此見到梁葳。

他蹲下身子，與坐在輪椅上的婦人視線平行，嘴角彎起，輕聲道：「媽，妳今天下午有治療，突然亂跑，我和陳姨都會很擔心。」

「我只是想出來散散心而已，裡面悶得我不舒服。」婦人皺起眉頭，溫柔的語氣多了些埋怨，「寶貝，你爲什麼這麼久都沒有來看我？」

「抱歉。」孫群將手輕覆上婦人放在膝蓋上的手，歉然一笑，「這陣子有點忙，我實在抽不出時間來醫院，之後我會常來看妳的。」

「忙什麼？」婦人著急問：「你看起來很累，最近沒睡好？」

「我沒事。」孫群搖頭，「只是學校有一些課需要補修而已，別擔心。」

聽他這麼說，婦人才稍微放下心來，伸手撫上孫群的臉龐，「別丟下我，好嗎？」

聞言，孫群一怔，連忙安撫：「我永遠都在這裡，妳別胡思亂想。」

看著這一幕，梁葳這才想起之前在醫院的燒燙傷中心樓層巧遇過孫群，以及那天晚上孫群提及他母親需要接受長期復健和心理治療，並將一切連結起來。

這是她第一次目睹孫群和他母親的互動，她可以從孫群的言行舉止中捕捉到他對他母親的耐心與照顧，和他面對父親時的模樣截然不同。

他的一舉一動都是那麼地小心翼翼，彷彿在照顧一個情緒不穩定的孩子，深怕不小心講錯話會造成無法收拾的後果。梁葳也可以感受到孫母對他的依賴，而這樣的依賴，對於早已身負許多壓力的孫群來說，也許過於沉重。

「如果可以重來，我希望當時的我做出不同的選擇。」

想著孫群那天晚上對她說的話，梁葳頓時覺得孫群對他母親的百般呵護，好像更多是出自於愧疚。思及此，她的心頓時微微泛疼。

「孫太太，時間差不多了，我們該走了。」一旁的護理師出聲提醒。

「媽，妳先去複診，結束後我再去找妳。」孫群起身對護理師禮貌道：「陳姨，不好意思，我媽就先麻煩妳了。」

看著兩人的身影逐漸遠離，孫群望向一旁的梁葳，神態和剛才與他母親對話時的謹慎不同，明顯多了繾綣的愛意。

「好久不見。」

明明只是簡單的一句話，梁葳卻感覺自己平靜的心為此掀起一波巨浪。

「嗯，好久不見。」她提起笑，不想讓孫群察覺她心中翻騰的情緒，「沒想到她是你媽媽，眞的好巧。我剛才撿到她掉的耳環，順道和她聊了幾句。你媽媽是個很溫柔的人。」

「耳環？」孫群皺眉，「是垂吊式的鑽石耳環嗎？」

「嗯。」梁葳點頭。

孫群嘆了口氣：「今天是我爸和我媽的結婚紀念日，那副耳環是我爸之前送給我媽的禮物。我媽到現在依舊放不下我爸，心裡仍抱著也許哪天他會回來的念頭，這也是爲什麼她接受心理治療這麼久，情況卻沒有好轉的原因。」

「剛才聽你媽媽提起你爸，我可以感覺得出來她還是很愛你爸爸。」

「是啊，可是我爸早已不是她記憶中的樣子了，甚至從來就不是，但我不知道該如何讓她接受事實，那對她來說太殘忍了。」

「孫群……」看著孫群懊惱自責的模樣，梁葳再次感到不忍心。

他太溫柔了，即使母親的精神狀況帶給他龐大的壓力，他寧可獨自承受，也不願意讓母親再受到任何傷害。

她想幫他，卻又不知道該從何下手。她對人類的大腦構造瞭若指掌，但她不是心理醫生，這種心理層面的傷害，不是開刀就可以治療的。

「妳最近過得好嗎？」孫群的話語裡帶著疼惜，「妳瘦了。」

這陣子沅野醫院的風波鬧得沸沸揚揚，儘管梁葳的名字沒有出現在新聞上，但是她身處於出事的神經外科，加上總統夫人手術一事再被拿出來討論，即使她表面上若無其事，他知道她內心肯定不好受。

這段期間，他沒有一刻不是想著她的，想她的一顰一笑、想她明亮乾淨的雙眼、想她緊抱著自己時的溫暖。

擁著她入睡的那個晚上，是他人生中最美好的時光，也是這幾年來睡得最安穩的一次。可是隔天太陽升起後，他們兩人回到了各自的世界，不再有交集。

今天來到沅野醫院，除了來探望母親之外，他其實也抱著巧遇梁葳的希望。

聽見他的話，梁葳一陣動容，這是她回到醫院後，第一次有人關心她的感受。

或許是她這陣子習慣了將所有的不甘都往肚裡吞，面對孫群的溫柔，她突然一股情緒湧上心頭，想都沒想就一把抱住孫群，滿腹委屈和淚水頓時如同泛濫的洪水，再也無法壓抑。

孫群先是一怔，隨即將她微微顫抖的纖細身軀緊緊抱在懷中，另一手溫柔地撫摸著她柔順的髮絲。

依偎著孫群的胸膛，梁葳感覺像是找到了一個安全的避風港，她終於可以卸下堅強的偽裝，將內心深處的脆弱展露無遺。

過了不知道多久，梁葳才鬆開孫群，並低著頭，不敢直視他的眼睛。剛才她又不自覺被情緒牽引著走，做出了沒有經過大腦思考的舉動，這讓她有些懊惱和羞愧。

「抱歉……」顧不得會把妝弄花，她用白袍袖口胡亂抹去臉上殘餘的淚珠，只想著不讓自己看起來那麼狼狽。

見狀，孫群皺起眉頭，握住她的手腕制止她，轉而伸手捧住她的側臉，溫柔地爲她拭去淚水。

望著孫群，梁葳逐漸平靜下來，剛才的滿腹委屈彷彿也隨著他爲她抹去眼淚的動作一掃而空。

「對不起。」他低聲說。

「爲什麼要道歉？」她不解。

「妳受了那麼多委屈，可是我什麼都不能爲妳做。」他語氣充滿疼惜。

即使她剛才什麼話都沒有說，只是依偎在他懷裡小聲啜泣，他都覺得一顆心宛若被人緊緊揪起，疼得他無法呼吸。

如果可以，他希望自己能夠強大一點，這樣才能夠幫她擋下所有攻擊，讓她不受到任何傷害。

梁葳牽起他的手，小聲道：「陪陪我，這樣就夠了。」

她本來就不是弱不禁風、需要男人保護的女人。她只是希望在她需要的時刻，身邊能有一個陪著她、聽她吐苦水、借給她肩膀的人，就像現在一樣。

孫群回握住她的手，點頭，「好。」

他大掌緊緊包覆住她的手，掌心傳來的溫度讓她心頭一暖。

即使那天是她主動說出「就這一晚」，但在那之後，她很清楚自己想要的不單單只是一晚而已。每當夜深人靜時，她總是忍不住想起孫群。

想他在做什麼？有沒有好好休息？

儘管他現在嘴角掛著笑容，卻依舊掩飾不了他眼裡的疲憊。

「你看起來很累，在忙什麼？」梁葳把孫群母親問過的話又問了一遍。她聽得出來孫群剛才那番輕描淡寫的解釋，只是爲了讓他母親別操心。

「學校確實有些課要補修……」他停頓了半晌，說出剛才沒有講的另一件事：「還有我外公的事。」

「什麼事？」

「我外公的刑期剩下一年，他年紀大了，最近身體不太好，前段時間在申請假釋，前天才剛通過核准。」孫群解釋，「我媽是獨生女，但她的精神情況不太適合處理這些事，所以都是我在跟律師聯絡，以及將我外公先前被法院扣押的財產拿回來。」

梁葳皺起眉頭，輕聲道：「辛苦你了。」

原來在沒有見面的這幾個月裡，他們都過得不輕鬆。

「這陣子是真的有點累，但我感覺一切終於要慢慢回到正軌了。」孫群的語氣多了一絲無奈，「我只希望我媽能夠振作一點。我外公很疼愛我媽，這幾年他只知道我爸外遇，不清楚我媽的身心情況。我希望我媽在見到我外公前能好轉，不然看到她現在這個樣子，我外公一定沒辦法承受。」

「會的。」梁葳語氣堅定，「有你在你媽媽身邊，她一定會好起來的。」

話音剛落，梁葳的白袍口袋再次傳來手機的震動聲響，這時她才猛然想起自己還有事得處理。

她連忙接起電話，劈頭就是道歉：「喂，張護理師，抱歉，我在回去的路上了，請家屬稍等我一下，不好意思。」

掛上電話後，她看向孫群，又是一句道歉：「抱歉，我需要回去簽一份診斷書……」

「沒關係，妳忙吧。」他淡淡一笑，正準備要鬆開她的手，卻反被她握緊。

「我下午沒有手術。」她抿抿唇，「再多陪我一會吧？等到你媽媽的療程結束。」

只是一走進醫院，梁葳的心情不自覺地緊繃了起來。

隨著電梯門緩緩打開，孫群鬆開梁葳的手，這讓她感到失落，但她還來不及多想，注意力就被前方護理站傳來的聲音給拉走。

「梁醫師！」護理師向她揮手。

「抱歉，久等了！」梁葳加快腳步。

她快速在診斷書上簽名，並向一旁的家屬解釋和回答他們的疑問。

看著眼前的畫面，孫群才意識到這是他第一次看見她穿著白袍的樣子，此刻的她專業又充滿醫生架勢，和那個在學校總是和學生們打成一片的她有那麼一點不同。

不知道爲什麼，他們兩人之間短短幾步路的距離，頓時好像又拉長了一些。

結束和家屬的談話並簽署診斷書後，梁葳將剩餘的行政工作交給住院醫師處理，轉身打算走向等待多時的孫群，沒想到撲了空。

她環顧四周，並沒有找到孫群的身影。

「梁醫師，妳在找剛才和妳一起來的男生嗎？」一名護理師主動說道：「他剛才好像往天臺的方向走去了。」

梁葳鬆了一口氣，莞爾一笑，「原來如此，謝謝妳。」

今天和孫群的巧遇對她來說是個意外的驚喜，她不希望這難得的相處時光結束在他的不告而別。

「梁醫師，他是妳的男朋友嗎？」護理師曖昧地抿唇偷笑，「他長得很帥耶，剛才妳過那麼久才回來，該不會是在約會吧？」

她一怔，微笑搖頭，「不是。」

她只是照實回答，心情仍莫名有些低落，連帶想起孫群在出電梯時鬆開她的手的舉動。

梁葳明白孫群不想要造成不必要的誤會，爲她在醫院惹來其他閒言閒語，只是經過了這幾個月的分開，今天再次見到他，她更堅定了想要跟他在一起的想法。

在這長達六年的情感空窗期裡，她的生活只有工作，久而久之，她幾乎快要忘了喜歡一個人是什麼樣的感覺。

但是現在她想起來了，只要兩個在乎彼此的人在一起，那就足夠了。

推開通往天臺的鐵門，梁葳一眼就看見站在遠處的孫群。

他兩手搭在天臺的圍牆上，表情若有所思地凝視著前方。秋日的金色陽光灑落在他的臉上，照亮了他稜角分明的臉部線條，柔順的黑髮隨風飄起，背景的蔚藍天空無限延展。

「孫群！」

聽見自己的名字，他緩緩回過頭，看著梁葳焦急地朝他走來，並一臉不解道：「發生什麼事了嗎？你怎麼一個人跑來這裡？」

見梁葳擔心自己，孫群嘴角彎起，「我沒事，只是剛才突然接到律師的電話，我外公下禮拜要出來了，有些手續要辦，我看妳在忙所以不想打擾妳。」

「原來是這樣……」梁葳抿抿唇，小聲咕噥：「我以爲你不見了。」

「抱歉。」他伸手將她被風吹亂的長髮撥到耳後，「別擔心我。」迎上他溫柔的目光，梁葳幾乎想不起剛認識時，他曾經冷漠地將她拒於千里之外。

梁葳知道自己若是就此錯過孫群，將會是她這一生最大的遺憾。

「我每天想的都是你，怎麼能不擔心？」她輕握住他的手，無法壓抑內心的情感，「不能讓我幫你分擔一些壓力嗎？我知道你的顧慮，但我想陪在你身邊……」

聽見她的告白，孫群眼裡頓時充滿感動，卻不免憂慮。

梁葳這麼完美的人，爲什麼會喜歡他？

他早已不是那個家世背景光鮮亮麗的孫群，她仍願意擁抱狼狽且一無所有的他。

他輕撫著她略微冰涼的臉龐，動作既輕柔又小心，聲音有些沙啞，「妳不知道我有多想跟妳在一起……」

可是現在的他身上有太多包袱了，父親的背叛、母親不穩定的精神狀態、孫承的處處挑釁，現在還多了外公的事情他必須操心……

光是想到這些，他自己都感到疲累。梁葳身爲醫生本身就肩負著許多壓力和責任，他怎麼能讓她一起承擔他的私事？

「再給我一點時間，讓我把這些事情處理好，妳對我來說眞的很重要，我不想看到妳因爲我或是我身邊的人而受到傷害。有些事情，我必須自己面對。」孫群認眞地凝視著她。

梁葳欲言又止，她明白孫群是個有原則的人，這是他的溫柔，也是他唯一能夠解開那些心結的方式。

「好嗎？」孫群的語氣帶著請求。

「嗯。」她點頭。

「謝謝妳。」孫群將她摟入懷中，在她額上落下一吻。

孫群和梁葳回到五樓燒燙傷中心，兩人才一走出電梯，便被一道歇斯底里的尖叫聲給嚇了一跳。

「出去！全部都給我滾出去！」伴隨在後的是門被大力甩上的聲響。

前方走廊上站著幾名被趕出病房的護理師，臉上都驚魂未定。

孫群一眼就認出她們所處的位置，臉色瞬間大變，連忙鬆開原本牽著梁葳的手，快速朝那間病房跑去，並向一旁的看護焦急詢問：「陳姨，發生什事了？」

「孫群……」看護似乎還處於震驚之中，花了幾秒鐘才有辦法回話，「我、我剛才趁你媽媽看診的時候幫她整理房間，發現一個被她藏在衣櫃底部的牛皮紙袋，我怕是什麼重要的東西，就把紙袋拿出來放在桌上，結果你媽媽一回來，看到牛皮紙袋就開始大聲哭叫、摔東西，還把大家趕出病房……」

「牛皮紙袋？」孫群很快有了頭緒。

「孫群，發生什麼事了？」梁葳追過來，滿臉擔心。

他還來不及回答，病房裡再次傳出淒厲的哭聲，以及物品破碎的聲響。

「孫群，你媽媽的情況很不穩定，你先別——」看護想阻止孫群，卻晚了一步。

孫群推開病房的門，映入眼簾的是孫母背對著門，坐在病床上抱頭大哭的身影。

「我不是叫你們別進來嗎？聽不懂嗎？」

聽見開門的聲音，孫母再次放聲尖叫，一把抓起床頭櫃上的玻璃杯，轉身將杯子用力朝門口砸去。

面對孫母突如其來的舉動，孫群只來得及將站在他身旁的梁葳推開，自己卻來不及閃避，玻璃杯就這樣筆直地朝他的頭部襲來。

下一秒，被推開的梁葳聽見玻璃破碎的聲音，接著她看到孫群踉蹌了幾步。

「孫群！」梁葳慌張地叫出聲來。

他沒有馬上回應，只是抬手撫上被玻璃杯砸中的地方，眼前驟然閃過一抹漆黑，視線頓時失去焦距。他感覺到一道溫熱的液體沿著他的額角滑落，將他的外套領子染紅。

「你受傷了！」

孫群抬起頭，透過模糊的視線隱約辨明梁葳臉上的驚慌失措。

她是外科醫生，自然看過數不清的重傷病患，但這是她第一次因爲一個人受傷而緊張到快哭出來。

「我、我去找醫生！」護理師連忙說道。

「我就是醫生！」話一出口，梁葳意識到自己似乎過於激動，完全缺乏醫生該有的鎭定，於是深呼吸，兩手扶住孫群的雙臂，盡量冷靜道：「先坐下，我幫你處理傷口，如果之後有頭暈、想吐或是意識不清楚的症狀，再做電腦斷層掃描。」

「我沒事。」孫群搖了搖頭，勉強道。

每一次孫群遇上麻煩的時候，他總是習慣說自己沒事，梁葳除了心疼，更多的是生氣，氣他爲什麼總是把所有的疼痛硬忍下來，自己承擔一切。

她到底該拿他怎麼辦？

「寶貝……」在一片混亂中，孫母不知道何時停止了哭泣，她那張布滿淚水的臉龐盡是錯愕，似乎沒有想到自己居然傷到了最愛的寶貝兒子。

在過去那場大火中，孫母的雙腿受到了嚴重的損害，因此行動有些不便。後來透過復健情況有好轉，但平時依舊依賴輪椅居多，可是剛才發現自己害孫群受傷，她便直接起身踏著不穩的步伐走到他旁邊。

「我不是故意的，對不起……」孫母膽怯地說道。

孫群閉上眼，保持沉默，雙拳不自覺緊握，似乎陷入了掙扎，究竟該一如往常包容母親的無理取鬧與失控，還是把堆積在心裡多年的話一次說出來。

「是他們先亂動我的東西，我才會生氣……」孫母試著辯解，「寶貝，你還好嗎？」

她伸手想要撫摸孫群的臉龐，但在即將觸碰到他之際，被他用手擋了下來。面對他出乎意料的舉動，孫母表情一僵，手舉在半空中，一時之間不知道該往哪裡擺。

「我不好。」孫群扯了扯嘴角，笑得有些淒涼，「媽……我很痛苦。」

孫母愣住，張著嘴卻說不出話來。

從小到大，孫群一直都是個溫柔體貼的孩子，在她面前，他總是輕聲細語，臉上掛著和煦的微笑，永遠都不會展露出任何負面情緒。

這是她頭一次看到孫群露出如此絕望的表情。

「拜託妳……振作一點，好嗎？」孫群哽咽，語氣近乎懇求，「這幾年來，我常問自己，我們到底爲什麼會變成今天這個樣子？」

他握住孫母的手，低頭看向她從袖口露出的被火吻過的肌膚，胸口一緊。

傷口會隨著時間癒合，傷疤卻無法輕易抹去，就像夢會醒，可夢魘依舊存在。

午夜夢迴時，他總會不受控制地想起那天的場景，不論是凶猛的火勢、濃烈的黑煙，或是當他不顧危險衝進火場時，看到母親昏迷倒地的畫面，一切都歷歷在目。

他曾經擁有的一切、充滿回憶和笑聲的家，全部都在那場大火中燒成灰燼，只剩下醜陋的謊言與背叛。

「那天我從機場趕回家，看到家裡變成一片火海，我的心跳幾乎要停了，妳想過我的感受嗎？」他眼眶一熱，「每次看到妳現在的模樣，我都很痛苦，覺得這都是我的錯。」

從他有記憶以來，儘管母親出身富裕，是集眾人寵愛於一身的獨生女，卻不是驕縱的大小姐。偶爾鬧些小脾氣，也不會讓人覺得厭煩，而他和父親往往無法拒絕她的要求。

不過大概正是因爲她被寵慣了，所有的事都有別人爲她打理好，母親的缺點就是太依賴別人。不論是依賴外公、父親，甚至是依賴他，她的世界中心就是這個家，所以當她心中完美的家庭破滅時，她頓時失去了活下去的意義。

孫群總是想，如果當初他沒有答應幫父親一再隱瞞，而是選擇和母親坦承，一切是不是都會不一樣？

母親是不是就會提早看清父親的眞面目，也不會爲了挽回那從頭到尾就是謊言的愛情，而活得如此卑微？

「怎麼會是你的錯？」孫母拚命搖頭，焦急地說道：「是那個不要臉的女人的錯！你爸怎麼可能會做出那些事？那個女人一定是用不知道跟誰生的野孩子威脅你爸，他才會——」

見孫母依然執迷不悟，孫群兩手大力按住她的肩膀，激動道：「媽，妳什麼時候才要清醒一點？已經三年多了，妳別再幫爸找藉口了。」

孫母瞠大眼，剩餘的話硬是被她吞了回去。

「他不是妳當年在醫院認識的那個孫翰，從來就不是。他一開始認識妳、接近妳，就只是爲了利用妳，因爲妳是華英集團的千金，妳爲什麼到現在還不願意看清事實？」明明是在質問她，可他語氣中帶了些悲哀。

孫群那雙悲傷的眸子映著孫母呆滯的神情，眼眶裡蓄積的淚水逐漸模糊了視線，最後奪眶而出，沿著他的側臉滑落。

孫母僵在原地不動，過幾秒才愣愣地開口：「寶貝，你在說什麼……」

在這沉默的幾秒鐘裡，孫群內心升起一絲母親終於恍然大悟的期望，但是聽見她開口的第一句話後，他諷刺地笑出聲，原本緊握著她雙肩的手頓時無力地往下墜。

他太天眞了。

「你不是最崇拜爸爸了嗎？」孫母擰起眉頭，語氣急迫，深怕孫群誤會了什麼，「當初外公希望你繼承他的事業，你卻不假思索就決定要報考醫學系，不就是爲了想要成爲像爸爸一樣的人嗎？」

聞言，孫群表情倏地變得冷漠，看在梁葳眼中，這一刻的孫群，彷彿又重新戴上冷漠的面具面對世界，讓她又是心痛又是害怕。

「我不想成爲像爸一樣的人。」沉寂了片晌，孫群才緩緩啓唇，語氣和之前的激動相比顯得格外平靜，「在爸做了那樣的事情之後，我根本連醫生都不想當了。」

孫群視線筆直看向孫母，將她的反應盡收眼底。如果是平時的他，可能會因爲母親露出隨時會哭出來的表情而感到心軟，這回他卻無動於衷。

「不論是在學校還是醫院，我總覺得每個角落都充滿他的影子，讓我感到噁心。」他眼神不自覺黯淡下來，冷冷道：「在別人眼裡，我永遠都是院長的兒子，即使我努力想要擺脫這個頭銜，但好像怎麼樣也沒辦法跟他脫離關係。」

孫群突然話題一轉，「妳記得高一那年，我有一次在學校被人打傷嗎？那個時候妳問我發生什麼事，我說是因爲班上同學起糾紛，我上前勸架，不小心被打傷。」

孫母緩緩點頭，她怎麼可能忘記？

她看到寶貝兒子回到家時滿臉都是瘀青和血跡，她差點要氣瘋了。她原本想去學校理論，要讓打傷兒子的人受到應有的懲處，最後是孫群一再拜託她不要把事情鬧大，她才勉強作罷。

那都是快八年前的事情了，她不懂爲什麼孫群會突然提起。

「當初我說謊了。」孫群以爲要講出這個隱藏多年的祕密會很困難，但是當話眞正說出口時，他沒有猶豫或遲疑，就連他自己都感到訝異。

「什麼？」孫母納悶地擰起眉頭。

「是孫承打的。那天放學，他出現在我學校門口，他一看到我便揍了我一拳，說有一天他會把我擁有的一切都搶回去。那是我第一次見到他，但我一眼就認出他是爸的兒子。」

「孫承？什麼意思？難道你……」

孫群闔上眼，深吐出一口氣，「我早就知道爸在外面有其他女人。」

此話一出，他感覺那顆長久以來壓在他心上的大石頭終於被移開，壓得他喘不過氣來的龐大壓力也隨之煙消雲散。

這麼多年來，他好幾次都想要向母親坦承，不過每次都在最後打消念頭，因爲他知道，如果母親發現自己欺騙她這麼多年，她肯定承受不了。所以他寧願一輩子隱藏這個祕密，也不願看到母親再次受到刺激。

可是剛才母親失控，差點讓梁葳受傷，他才猛然意識到，不能再這樣繼續下去了。

「我十歲那年，爸趁妳出國時帶那女人回家，不小心被我撞見，爸請我不要告訴妳。而高中那時也是，爸說他不知道孫承的存在，也沒有和那對母子聯絡，並再一次懇求我保密。」孫群喉嚨一緊，「這麼多年來，我一直幫爸瞞著妳，因爲我和妳一樣，打從心裡崇拜尊敬著他，所以我選擇相信他，最後才發現他始終都在說謊。」

直到現在他依舊無法理解父親這些年來是如何僞裝得如此成功，又是如何沒有絲毫沓戀地狠心拋下這個家庭。

「媽，妳知道每一次看到妳爲了爸傷心流淚，我有多痛苦嗎？」他低啞的嗓音飽含隱忍與痛苦，「要是我早點告訴妳眞相，妳是不是就不會每天淚以洗面？是不是就不會罹患憂鬱症？是不是就不會想不開？」

他伸手握住孫母微微顫抖的手，語氣無助，「如果可以，我希望這輩子都不要再和爸有任何瓜葛，可是妳不願走出來，我就永遠沒辦法眞正放下啊……」

這幾年，孫群總覺得自己已經失去了一切。

失去了敬愛的父親。

失去了溫柔理性的母親。

失去了從小生長的家。

失去了曾經深愛的女人。

失去了想要成爲醫生的熱忱。

每晚他回到那個破舊簡陋的小套房，當年孫承撂下的狠話就會在耳邊響起，揮之不去。

孫承眞的搶走了他的一切。

「我眞的很累，我常覺得快要喘不過氣來……」孫群欲言又止，病房裡瞬間陷入一片讓人感到窒息的死寂，過了好一會兒，他才再度開口，「我甚至有過結束生命的念頭。」

明明他的聲音很輕，字句落下時卻宛若投下了一枚震撼彈。

這件事他從來沒有對任何人提起過。

即使他對母親百般容忍、極力呵護，對於打工和課業上的壓力總是隻字不提，可他終究是個人，會累、會痛，會有想要放棄的時候。

不論是低聲下氣地賺取醫療費和生活費、抱著糾結的心態繼續醫學系的課業，或是看著母親持續執迷不悟，所有的一切都讓他感到精疲力盡、心灰意冷。

縱然母親在那場大火中活了下來，他卻覺得她和自己不再是同一個世界的人，她看不清父親、看不清事實，更看不見他的痛苦。

他甚至開始不明白，自己究竟是爲了什麼繼續在這個世界上苟延殘喘著？是爲了那不值錢的自尊？母親也許會好起來的期望？還是單純只是缺乏終結一切的勇氣？

他沒有答案。

「孫群……」孫母的腦袋彷彿被人重重一擊，急忙回握住他的雙手，「你怎麼會有這種想法？」

迎上兒子黯然絕望的眼神，孫母立刻就懂了——她不也有過這樣的念頭嗎？

她甚至眞的試圖自我了斷，除了覺得自己已經沒有活下去的意義外，她內心荒謬地希望能夠藉由這種極端的方式，來挽回她深愛過的那個男人。

如今聽聞孫群的剖白，她忽然明白自己犯下了多大的錯誤。

「媽，我眞的很後悔沒有及時告訴妳眞相……對不起。」孫群一字一句沉痛道。

孫母的心狠狠一抽，忽然意識到她好久沒有用心凝視過自己的兒子，否則怎麼會遲至此刻才終於察覺到他眼睛裡深切的悲傷？

她……到底對他做了什麼？

從什麼時候開始她記憶中陽光開朗又愛笑的兒子，再也無法露出由衷的笑容了？

每一次孫群來探望她時，僅管表面上看不出異樣，可是他的一舉一動都那麼小心翼翼，總是語帶保留，不再像從前那樣與她無話不談。

明明他臉上總是掛著疲憊，但她只是一味宣洩自己的情緒，從來不曾試圖了解他的現況和感受。

「不，這不是你的錯，是媽媽不好。」孫母大力抱住他，聲淚俱下，「是我太脆弱，不願意接受你爸拋棄我的事實，讓你活得這麼辛苦，我才該說對不起。」

孫群渾身一顫，過了好幾秒，他的手緩緩落在孫母的背上，感受她瘦弱的身軀隨著抽泣聲而微微起伏，任由她的淚水浸濕他的衣襟。

「媽，我知道妳很愛爸，愛到願意無視他做的事……」孫群雙手扶上她的肩膀，低頭看向孫母淌淚的雙眼，「但妳也必須愛自己啊。」

說完，他轉身拾起地上的牛皮紙袋，交到母親手裡，他很清楚牛皮紙袋裡裝的是母親遲遲不願簽署的離婚協議書。

「外公下禮拜就要出獄了，之前被法院扣押的財產也拿回來了。」孫群望著母親，懇切道：「我們的生活好不容易即將回到正軌了，如果外公看到妳這樣，他會有多難過？」

接著，他將孫母攬入懷裡，頭輕靠在她的肩膀上。

「我現在也重新找回了想要當醫生的熱忱，也找到了活下去的理由……」孫群的視線迎上前方早已熱淚盈眶的梁葳，輕聲道：「媽，幫幫我，好嗎？」

孫母泣不成聲，只是不停點頭。

望著這一幕，梁葳側過臉，手忙腳亂地抹去頰上的淚水，分不清楚此時內心複雜交錯的情緒究竟是心疼、是感動，還是喜悅。

她只知道，這是一個好的開始。

母親一直是孫群最大的心結，也是他主要的壓力來源。

如今孫群擺脫了對母親的愧疚與罪惡感，他已經跨出最困難的那一步了。

接下來，一切都會慢慢變好的。

第十章

「葳葳，妳覺得這件怎麼樣？」

「葳葳？」

「葳葳，妳到底在想什麼？」

林曼恩大喊一聲，梁葳愣了幾秒才回過神，「抱歉，剛剛收到一封醫院的email，怎麼了？」

「這件如何？」林曼恩拉起略長的裙襬朝她走來，在她面前轉了一圈，展示身上高雅的露肩式白色婚紗。

「很漂亮。」梁葳微笑讚美。

林曼恩似乎對她的回答不太滿意，鼓起腮幫子假裝抱怨，「葳葳，妳這件娘兼好友可不可以當得稱職一點？我們在這裡快兩個小時了，到目前爲止妳對每一件婚紗的評語都是『很漂亮』，我不如找我家的木頭男來就好了，何必找妳。」

雖然知道林曼恩在開玩笑，梁葳還是感到愧疚。

林曼恩和王哲的婚禮最終選定在明年三月於台北五星級悅豐飯店舉行，身爲林曼恩十年的摯友，梁葳自然是伴娘之一，今天更是利用難得的休假來陪林曼恩挑選婚紗。

然而她卻因不久前得知的消息而分心，確實沒有盡到此行應盡的責任。

「抱歉……」梁葳歉然一笑，重新打量林曼恩身上的婚紗，試著給予一些有建設性的意見，「妳穿什麼都很好看，不過如果真的要選，我覺得……上一件好像比較適合？」

此話一出，梁葳自己都心虛地抿抿唇。

林曼恩皺起眉頭，「妳沒事吧？從剛才就心神不寧的，難道醫院出了什麼事嗎？」

梁葳性格好強，不會主動找人吐苦水，但是她回醫院後的遭遇，林曼恩多少略有耳聞，即使梁葳總是輕描淡寫地帶過，林曼恩知道她心裡肯定還有很多委屈。

林曼恩回想起梁葳在盛宇大學教書的期間，她覺得那時的梁葳比現在快樂多了。

沉默了幾秒，梁葳緩緩開口：「邱院長要退休了。」

「什麼？」林曼恩瞠大眼，「那個妳從小就認識的醫生？妳當初會選擇去沅野醫院任職不就是因爲他嗎？」

「嗯。」梁葳點頭，「所以剛才院方公布消息後，我有點反應不過來，他也從來沒有跟我提過這件事。或許是因爲之前楊皓鬧出的醜聞讓他受到不小的波及，再加上他的院長任期也即將滿了，可能就想趁這個機會退休吧。」

梁葳的語氣聽起來平靜，林曼恩卻能清楚察覺到她的錯愕與失落。

「妳還好吧？」林曼恩提起裙襬，走到梁葳身邊。

從高中認識梁葳開始，林曼恩就聽她多次提起她之所以想要成爲醫生，有一部分正是受到邱院長的啓發。

當初梁葳完成住院醫師訓練時，幾乎各大醫院都搶著爭取她，其中不少醫院甚至開出高於行情許多的驚人薪資，但梁葳無視了這些誘人的機會，毅然決然選擇沅野。

如今她的恩師即將離開沅野，而院內的氛圍又讓她身心俱疲，她忽然覺得自己失去堅持待在沅野的理由。

「其實院長這幾年身體不太好，也差不多到了該退休享福的年紀了。」梁葳搖搖手，故作輕鬆笑了笑，「我沒事啦！」

「妳確定？」林曼恩很是懷疑。

「我不是小孩子了，別擔心。」梁葳不想多談，便轉回原本的話題，「不好意思分心了，可是我眞心覺得妳穿哪一件都很美，我選不出來。」

「其實我也覺得每一件都很漂亮，難以抉擇。」林曼恩嘆了一口氣，「怎麼結婚這麼麻煩？先是選不出日期，再來選不出飯店，現在還選不出婚紗，我都快不想結婚了。」

見林曼恩露出近乎崩潰的表情，梁葳不由得輕笑出聲，「結婚本來就不是一件小事，妳別給自己太大的壓力。王哲都沒有什麼意見嗎？」

「妳又不是不認識那個木頭男，他就是什麼都依著我，讓我又愛又氣。」林曼恩翻了個白眼，語氣轉為無奈，「加上他最近為了拚升遷，每天加班，連睡覺的時間都不夠，我不想再讓他操心這些瑣事。」

「妳和王哲真的是我看過最有趣的組合了。」梁葳打趣，感慨道：「能夠看到你們走到今天這一步，我實在很感動。」

活潑外向的校園女神和忠厚老實的理工直男，誰會想到他們可以交往十年，甚至結婚。

「其實過去幾年，很常有人問我，到底為什麼會喜歡這種無聊的男人，我都被問煩了。」林曼恩聳肩，眼神柔和，「王哲個性老實，和他在一起很舒服。我喜歡他的穩重、上進，他讓人覺得很可靠，彷彿不管我遇到什麼困難，他都會幫我扛。」

認識兩人多年，梁葳知道王哲永遠都將林曼恩放在第一順位，凡事都以她為中心，對林曼恩百般呵護，王哲的好不是外人能體會的。

「反正自己適合什麼樣的人，只有自己知道，別人的想法不重要。」林曼恩下了個結論。

「是啊。」梁葳點頭表示同意。

「葳葳，妳到底什麼時候要交男朋友？」林曼恩半開玩笑道：「不是說好要在同一時間生小孩，我生女的，妳生男的，以後當親家嗎？別讓我等到變成高齡產婦啊。」

「我盡快。」梁葳淺淺一笑，不自覺地想起了孫群。

結束婚紗試穿後，天已經黑了。林曼恩原本提議順路送梁葳回家，卻被梁葳以醫院臨時有事婉拒了。

目送林曼恩上王哲的車後，梁葳隨手招了一台計程車，並向司機報上家裡的地址。

醫院其實沒事，她只是想靜一靜而已。

她拿出手機，點開邱院長方才傳給她的信件，再次陷入沉思。

剛剛她沒有跟林曼恩說，邱院長在信件裡告訴她，盛宇醫院神經外科目前正缺主治醫師，只要她願意，最快下個月就可以過去上班。

聽聞這個消息，她應該感到開心才是，畢竟目前的工作環境讓她感到窒息。能夠進到盛宇醫院任職，對於大部分的醫生來說都是可遇不可求的好機會，但是此刻她卻猶豫了。

現在聽到盛宇醫院，她第一個想到是孫群心灰意冷的神情，如果他得知她將去盛宇工作，會有什麼反應？

「反正自己適合什麼樣的人，只有自己知道，別人的想法都不重要。」

是啊，林曼恩說得沒錯，只有自己才知道自己適合什麼樣的人。

而她，喜歡孫群。

她打開通訊軟體裡，望著聊天視窗良久，才快速打下幾個字。

「在做什麼？」

「複習，下禮拜要考試。」

孫群不到一分鐘就回應了，緊接著又傳來另一則訊息。

「怎麼了？還好嗎？」

短短幾個字，梁葳可以清楚感受到他的關心，唇角不自覺微微上揚。

她快速輸入回覆的字句，卻在按出傳送前來回修改了幾次，猶豫許久才按下發送。

「想見你，可以嗎？」

梁葳不禁爲自己直白的表達感到一陣羞赧。會不會太直接了？

「我去找妳，現在是晚上，不要一個人出門。」

孫群的訊息讓她心頭一暖，她立刻告知計程車司機更改目的地，並回覆孫群。

「我人已經在路上了。」

計程車最後在孫群住處的巷口停下，梁葳從皮包裡拿出幾張百元鈔票交給司機，嘴上說著不用找零就匆忙下車。

下了計程車，她立即發現那道站在巷口的修長身影。初冬的夜晚，孫群身上穿著棉質外套，臉上戴著她沒看過的黑色鏡框，爲他增添了一股書卷氣，卻遮不住鏡片底下的疲累。

在梁葳反應過來之前，她已快步上前抱住了他。

面對梁葳的舉動，孫群稍感意外，唇角不自覺地彎起，長臂將她纖細的身子攬入懷中，輕聲問道：「怎麼了？」

她抬起埋在他胸前的臉，柔和的月光灑落在她的臉龐，「沒事……就單純想你而已。」

明明話裡的意思和剛才的簡訊差不多，然而從嘴巴裡說出來更顯得直截了當，這也讓她意識到……天啊，自己怎麼會這麼肉麻！

她雙頰瞬間一熱，連忙躲避他的視線。

孫群原本因專心複習考試而沉靜的心情，頓時因爲她的這番話而不再平靜，同時心中浮現一絲歉疚。

在醫院和母親坦承一切之後，他的生活隨即陷入彷彿沒有盡頭的忙碌，完全沒有沒有多餘的時間去找梁葳。

外公假釋出獄後才得知近幾年發生的事情，情緒差點失控，他不僅要安撫，還必須安排外公入院治療，並處理外公名下所有剛從法院拿回來的財產。另外，母親和父親的離婚手續也正在進行，雖然有律師從旁協助，但他知道在這個關鍵時刻，自己得陪伴在母親身邊。

這幾天孫群家裡的事情好不容易告一段落，又正好遇上學校期中考。

自從決定繼續走醫學之路後，他對待課業的態度不再漫不經心，而是比休學前更加認眞努力，若想追上梁葳的步伐，他必須先成爲一個和她一樣優秀的醫生。

原本他打算一考完試，就立刻去找梁葳，沒想到她早了他一步。

好像每次都是梁葳先勇敢跨出那一步，這讓他感到很過意不去。

「抱歉，這陣子都在處理我外公和我媽的事，我第一次接觸法律程序，有些遠比我想像中還複雜……」孫群微微擰眉，伸手將她垂落在前額的幾根髮絲輕輕撥到耳後，溫柔道：「我也很想妳。」

一旦體會過陽光的溫暖，就不會想要失去。

孫群不由得想著，倘若往後他的世界裡沒有梁葳，該有多麼漆黑絕望，他希望她可以一輩子都待在他身邊。

他的觸碰使梁葳一怔，抬頭迎上他的視線，此刻相擁的姿勢，讓她嗅聞到他身上那股剛洗完澡的清香，也聽到他胸口喧囂的心跳聲。

孫群也很想她嗎？

這陣子都沒有收到他的消息，她難免會胡思亂想，想著他是不是其實沒有那麼喜歡她。

她抿抿唇，假裝賭氣地小聲嘟囔：「那就好。」

孫群低笑了一聲，寵溺地摸了摸她的頭，又說了一次，「對不起。」

聽到他一直向她道歉，反而讓她覺得自己是不是有點無理取鬧了……

「妳怎麼穿這麼少？」看著梁葳身上單薄的雪紡襯衫，孫群語氣一沉。

梁葳有些尷尬，「我忘了帶外套。今天陪朋友去試穿婚紗，沒有想到會在外面待到這麼晚。」

聞言，孫群立刻脫下身上的外套披在她肩上，並不理會她的推辭，只問：「要上來坐一下嗎？」

對於他的邀約，梁葳既意外又驚喜，過了幾秒才點頭，「嗯。」

孫群主動牽起她的手，十指緊扣，帶著她朝公寓走去。

即使夜晚寒風刺骨，他掌心傳來的溫度，以及殘留在他外套上的餘溫，都驅散了梁葳身上的寒意。

一踏進不到十坪大的套房，梁葳為眼前整潔有序的景象稍感驚訝。

上一次來到這裡，她和孫群的交流不太愉快，甚至還起了爭執，接著他又在她面前昏倒，場面一片混亂，當下她沒有多餘的心思注意周遭的環境。

公寓的外觀看起來有些年歲，室內的裝潢卻沒有想像中老舊，這裡比她預想得更舒適，柔和的燈光、簡約的布置，總體來說相當乾淨整齊。

但也許是因為沒有過多的傢俱和擺設，也沒有什麼私人物品，放眼望去顯得有些冷清。此外，廚房幾乎沒有使用痕跡，梁葳幾乎能肯定冰箱裡面應該也是空的。

這裡更像是一處單純供人過夜的地方，而不像一個具有生活氣息的家。

「你一個人住很久了嗎？」她好奇問。

「快三年了。」孫群緩緩說道：「我家被大火燒毀之後，我媽長期需要專人照顧，這幾年都住在療養院和沅野醫院。」

「原來是這樣……」

「要喝點什麼嗎？」孫群歉然一笑，「抱歉，今天一整天都在念書，家裡沒有什麼東西可以招待妳。」

梁葳這才想起孫群在訊息裡提到他正在準備考試，視線一轉，瞥見他書桌上攤開的課本和講義，上頭寫滿了密密麻麻字跡工整的筆記。

「我是不是打擾到你念書了？」梁葳感到不好意思。

剛才她憑著一股衝勁，沒多想就跑來找孫群，完全沒有考慮到他還有其他更重要的事要做。

「你還是繼續複習吧，我不打擾你了……」她握緊皮包的肩帶，轉身要離開。

孫群拉住她的手腕，順勢將她摟入懷中，輕聲道：「我複習得差不多了，別擔心。」

梁葳並沒有輕易被說服，「眞的嗎？」

「嗯。」孫群點頭，難得自誇了一句，「我在成績上的表現，妳不是最清楚嗎？」

梁葳先是一愣，接著笑出聲，「這倒是。」

「你媽媽還好嗎？」

梁葳雙手回抱住他的腰際，她喜歡抱著他的感覺，讓她很有安全感。

「嗯，離婚手續正在進行中，看到我媽終於願意放手，我眞的很欣慰。」孫群注視著她，「謝謝妳。」

「謝什麼……」她耳根子莫名一熱，垂首小聲道：「我又沒做什麼。」

「如果沒有遇到妳，我想我永遠沒有勇氣向我媽坦白一切。一直以來，這個世界上我最不想傷害的人就是我媽，我寧願自己承擔祕密和責任，也不想看到我媽傷心難過……」孫群停頓片刻，手輕撫梁葳的側臉，「但是……我也不想看到她傷害我喜歡的人。」

梁葳一陣感動，她環抱他腰際的力道不自覺地加重了一些。

從小到大，所有人都認定她既聰明又獨立，並不需要別人的幫助或呵護，可是她其實和一般人沒有差別，會害怕、會寂寞、會想要被人捧在手心上寵愛。

「最近工作還好嗎？」孫群低聲問。

「還可以。」梁葳微微避開他的注視。

孫群敏銳地看穿她的遲疑。

「妳什麼事都可以跟我說。」他雙手扶上她的肩，「如果妳願意的話。」

望著他真摯的雙眼，梁葳知道他是真的擔心她，也明白自己不該對他有所隱瞞。

「沅野的邱院長要退休了。他從小看著我長大，當初我會選擇進入沅野醫院工作，也是受他影響。」她垂下眼簾，深吐了一口氣，「重新回到醫院後，我總覺得工作環境變得和以前很不一樣，如今我唯一親近和信任的人也要離開了，我好像突然失去了繼續留在這所醫院的理由。」

孫群揉了揉她的髮絲，「依妳的實力，我想一定有許多醫院想要聘請妳，倘若現在的工作環境讓妳不舒服，或許妳可以考慮換間醫院？」

梁葳躊躇半晌，才看向孫群，「我確實有新的工作機會……盛宇神經外科。」

語畢，孫群明顯表情一變，內心的錯愕與震驚全部反映在臉上。

梁葳有些緊張，她明白孫群因爲孫翰的緣故，十分厭惡盛宇醫院。如果他得知她考慮要去那裡工作，會不會因此迴避她？

孫群此時的情緒有些複雜，屋子裡陷入一片死寂。

梁葳連忙扯了扯嘴角，故作輕鬆地笑了笑，「其實我也沒有——」

「妳該去的。」孫群打斷她的話。「妳該去盛宇，那是國內最好的醫院，不論從哪方面衡量，對妳都有好處。」

梁葳無法判斷他是爲了安撫她才這麼說，還是眞心這樣認爲，於是小聲地反問：「你不是很排斥盛宇嗎？我不希望你因爲我的選擇而感到痛苦……」

孫群的眼裡泛起一絲波瀾，「傻瓜。」

這可以說是每個醫生夢寐以求的機會，一般人根本不用思考就會馬上答應，梁葳卻因爲顧慮他的感受而猶豫不決。

「我的感受不值得妳犧牲自己的快樂和職業生涯。」他神情認眞，「妳好像不知道，妳對我來說有多重要……」

梁葳感覺心臟漏跳了一拍，還來不及回應，孫群便牽起她的手。

「我馬上就要進盛宇醫院見習了，之後還有實習醫師和住院醫師訓練……」他頓了頓，「盛宇醫院裡有我爸、有孫承，每一次踏進那裡，總是會勾起我許多不好的回憶……但是如果有妳在，我想我能暫時忘掉那些沉重的過去，不那麼痛苦。原本我都已經準備放棄成爲醫生了，遇見妳之後，我才找回那股熱忱，甚至找到活下去的意義。」

對他而言，梁葳就像一劑特效藥，那些他曾經以爲一輩子不會癒合的傷口，都在她的陪伴下逐漸復原。

她在他最狼狽的時刻來到他的生命裡，讓他的世界再次迎來光明。他也因此慢慢找回以前的自己，那個充滿希望、擁有熱情的孫群。

她是他的救贖。

「謝謝妳，梁葳。」

他的嗓音輕柔地響起，宛如悅耳的旋律，觸動梁葳的內心深處，令她紅了眼眶。

「因爲妳，我想要讓自己變得更好。」孫群輕聲道：「我想成爲像妳一樣優秀的醫生，這樣才能配得上妳。」

他知道，這將會是一場漫長的歷程，因爲他在進步的同時，她也會越來越好，所以他必須加倍努力，才能在未來的某一天與她並肩同行。

「孫群，你已經夠好了。」梁葳語氣堅定，「從第一次見到你幫那名女子急救時，我的視線就離不開你了。你一定會成爲優秀的醫生，對此我從來沒有懷疑。」

她緊握住他的手，嘴角揚起一抹燦爛的微笑，「與你相遇，是我最大的幸運。」

不管別人眼裡的他們是否合適，她都不在乎，她只想要緊緊抓住他的手，抓住這份幸福。

聽見梁葳動人的告白，孫群眼眶一熱，語氣含著淡淡的笑意，「這麼說可能很老套，也可能太快了，但是如果可以，我想永遠跟妳在一起。」

「那……」她輕聲一笑，調皮地問：「我們是不是應該先在一起？」

是啊，講了這麼多，孫群還沒有說出最重要的那句話。

「梁葳。」他緩緩啓唇，眼底蘊藏著熾熱的情感，「妳願意跟我在一起嗎？」

她終於等到這句話了。

梁葳欣喜地笑出聲，點了點頭，「願意。」

得到她的答案，孫群俯身吻上她的唇。

梁葳輕輕闔上眼，感受著落在唇瓣上的溫柔觸感，輕盈卻帶著無盡的深情。

良久，他才緩緩退開。

再次睜開眼，梁葳臉頰染上一抹紅暈。

「就這樣？」她抿抿唇，貪心地希望這個吻可以久一些。

孫群微微瞇起眼，薄唇一勾，「怎麼可能。」

他伸手攬住梁葳的腰際，將她纖細的身軀緊緊扣在懷裡，另一手按住她的後腦勺，傾身再次貼上她的唇。

這次他的吻帶著霸道與占有，不給她喘息的空間，也沒有要將主導權讓給她的意思。

梁葳怔了好幾秒才開始回應他的親吻，雙手環上他的脖頸，方才孫群披在她肩上的外套隨之掉落在地，兩人鼻尖交纏著灼燙的氣息。

她的雙眼因爲動情而瀰漫著水霧，身體也被撩撥得發軟，只能緊緊依偎著孫群。

孫群一把抱起她，將她輕放在床上，他雙手撐在她頭部的兩側，姿勢曖昧，原本平整的白色床單多了許多皺褶。

「孫群……」梁葳感覺自己全身燥熱。

他們不是第一次親密接觸，但這次少了酒精壯膽，她不由得害羞了起來，下意識閃躲他的目光。

「我太急躁了嗎？」孫群的嗓音沙啞，「抱歉……」

遇上她，他總是情不自禁，他想好好珍惜她，不想讓她受到任何傷害。

「不會。」她一手攀上他的肩膀，將他拉向自己，另一手埋入他柔順的黑髮裡，在他耳邊呢喃：「別停。」

此刻，世界彷彿被人按下了靜音鍵，周遭一片萬籟俱寂，兩人的耳畔只剩下彼此喧囂的心跳聲。

他先用指尖輕輕撫摸她的臉龐，然後低頭吻住她的唇。

孫群的每一個動作都很輕柔、緩慢，小心翼翼得像是在呵護一件最珍視的寶貝。

他的吻一路從她的唇、耳、頸、鎖骨而下，宛如一根羽毛輕劃過她每一寸肌膚，她忍不住哼出低吟，享受著被溫柔對待的感覺。

經過一番纏綿後，梁葳累得直接倒在孫群懷裡沉沉睡去。

月光透過窗戶灑落至沒有開燈的屋內，孫群覺得自己這間清冷的屋子，因爲梁葳的存在而多了家的感覺。

她幫他找回了遺失許久的歸屬感，如同在暴風雨裡迷失多時的船隻，終於找到歸途。

看著梁葳睡得安穩香甜，嘴角微微上揚，他不禁會心一笑，輕輕撥開她散落在前額的髮絲，在她眉心溫柔落下一吻，悄聲道：「妳才是我的幸運。」

第十一章

「梁醫師！」

聽見有人喚她的名字，正在護理站閱覽病歷的梁葳抬起頭，映入眼簾的是最近和她關係比較好的兩名住院醫師，汪書芸和王奕瑋。

「怎麼了嗎？」她將病歷簿交給護理站的人員，微笑回應。

「我們正要去樓下餐聽吃午餐，梁醫師妳要一起來嗎？」汪書芸提出邀約。

汪書芸是神經外科第三年住院醫師，個子嬌小，性格熱情活潑，深得眾人的喜愛。她畢業於盛宇醫學系，父母同樣是外科醫生。

梁葳平時行程忙碌，午休時間常被會議或其他事務占據，所以她午餐一向習慣簡單解決，有時甚至直接略過，鮮少花時間特地去餐廳吃飯。

「我……」原本她正要婉拒，但是見汪書芸一臉期待，她改變心意，莞爾點頭，「好啊，我剛好也有點餓了。」

「太好了！」汪書芸很是開心雀躍。

在前往餐廳的路上，汪書芸問：「梁醫師，上禮拜入院的周先生還好嗎？我昨天晚上在廁所遇到他太太，她情緒有點不穩定，我花了半個多小時安慰她，她好像還是很擔心她先生的手術……」

四十歲的周先生，因頭痛和說話速度變得遲緩而就醫，透過電腦斷層掃描發現，他的腦部語言區旁邊長了一顆約五公分大的腫瘤。

經過諮詢，最後決定進行清醒開顱導航顯微手術，在過程中監測病患的語言功能，以達到最佳的手術效果。

「辛苦妳了。」梁葳拍拍她的肩，「清醒開顱手術有一定的風險，一般家屬也比較難理解其中的過程，不過我開過許多次類似的手術，另外這次的團隊成員也都具有豐富的經驗，再加上周先生各方面的評估都很良好，所以我不擔心。」

「那就好……」見梁葳信心十足，汪書芸似乎鬆了一口氣。

「手術在後天下午兩點，有興趣嗎？」梁葳挑眉，「我可以多用一個助手。」

汪書芸驚訝地瞠大眼，大力點頭，「有，當然有！」

她身為住院醫師，能有越多的手術經驗越好。

一旁同為第三年住院醫生的王奕瑋出聲，「梁醫師，汪書芸這禮拜已經有三台手術了，我比較需要，讓我當助手吧！」

「別擔心，醫院手術多得很。」梁葳安撫道：「大後天我有一台脊椎腫瘤切除手術，可以讓你當第一助手。」

「眞的？」王奕瑋立刻開心叫好，「謝謝梁醫師！」

梁葳莞爾一笑，她來到盛宇兩個多月了，時間不長，心境的轉變卻很大，她感覺自己快樂多了。

原本梁葳打算新年過後就向沅野醫院提出離職，但神經外科主任不願讓她離開。楊皓的風波造成許多醫生跳槽至其他醫院，導致神經外科人手不足，而她心腸本來就軟，也對沅野有感情，因此決定延期前往盛宇赴任。

一直到今年五月梁葳才正式來到盛宇，當初她住院醫師訓練便是在盛宇醫院度過，此時再次來這裡工作，她並未感到太生疏，反倒覺得熟悉。這種感覺就像是離家出去闖蕩的遊子，最終還是回到了最初所屬的地方。

和沅野醫院的運作不同，盛宇醫院是教學醫院，在門診或開刀時，有更多給予在學的醫學院及護理科系學生見習的機會。

在經歷過短暫的教書生涯之後，梁葳發現教學給了她不同於治療病人或是完成一台手術的滿足感，她知道自己回到盛宇是正確的選擇。

來到地下一樓的餐廳，由於現在正值午餐時間，裡面人山人海。

他們三人買完餐點後，繞了餐廳一圈，才終於找到了一張空桌。

「梁醫師，妳來盛宇還習慣嗎？」入座後，汪書芸滔滔不絕地說道：「當初聽主任說妳要過來，我們都超期待的，畢竟之前進神經外科時就聽過許多妳的傳聞，沒想到現在居然可以和妳一起工作，有種見到偶像的感覺耶！」

汪書芸一手托著下巴，看著粱葳的眼裡盡是崇拜。

「哪有那麼誇張。」粱葳笑出聲來，「不過能夠回到盛宇眞的很開心，這對我來說是必要的轉變。」

話一說完，她放在白袍口袋裡的手機一震，原本以爲是哪個病患出了狀況，拿出手機一看，螢幕上卻顯示著來自孫群的訊息。

「記得吃飯。如果太忙的話，我可以帶給妳。」

粱葳彷彿聽見孫群沉穩好聽的聲音在耳邊響起，她嘴角微微上揚，快速打下回覆。

「正在吃，別擔心。」

開始交往後，孫群對她百般呵護。

他們兩個都是生活白痴，雖然是醫生，卻總是習慣把念書和工作擺在健康之前，常常一忙就忘記吃飯。

孫群已經開始在醫院實習，和粱葳同樣每天早出晚歸，但他總是比她更早起，就爲了幫她買她喜歡的早餐，確保至少每天的第一餐沒有被她落下。

如果她工作太忙，晚上需要待在醫院，他只要沒有值班，往往會帶些熱飲或是宵夜給她，順便在她的辦公室裡陪伴她。

每次看到她因爲手術滿檔而露出疲態，他總是一臉心疼地將她緊緊抱在懷裡，提醒她不要把自己累壞了。

這些平凡溫馨的日常，讓她覺得特別幸福。

她和孫群已經交往一段時間了，雖然他們沒有刻意隱瞞，但也沒有主動對外公開。

儘管醫生和醫生交往在醫院裡是司空見慣的事情，但孫群是院長的兒子，她則是前輩，也是他以前的老師，爲了避免招來閒言閒語，於是兩人決定保持低調。而梁葳本身也不喜歡大肆宣揚私事，因此她身邊的朋友目前只有林曼恩知情。

「梁醫師，妳在跟誰傳訊息啊？」汪意到梁葳露出甜蜜的笑容，汪書芸打趣道：「是男朋友嗎？」

梁葳放下手機，迎上汪書芸好奇的眼神，沒有迴避地點頭，「對。」

「哇，梁醫師，妳不但年輕漂亮，還有男朋友，也太幸福了吧！」汪書芸羨慕地讚嘆，隨即唉了一口聲，「哪像我，到現在還是母胎單身，每天忙著値班，我都覺得我注定要單身一輩子了。」

「拜託，妳的等級哪能和梁醫師相提並論。」王奕瑋立刻補了一槍，惹得汪書芸不悅地瞪過去。

「你這個同樣母胎單身的傢伙沒資格說我好嗎！」汪書芸毫不留情嗆了回去。

梁葳看著兩人你來我往，倒覺得他們這樣挺可愛的。

「梁醫師，妳男朋友也是醫生嗎？」汪書芸繼續追問。

「嗯。」

「真的？」汪書芸睜大眼，「在我們醫院嗎？」

「他……」梁葳正要回答，眼角餘光瞥見一抹熟悉的身影走進餐廳，猛然止住話。

汪書芸順著梁葳的視線看去，「梁醫師，妳認識急診科的孫承？」

梁葳遲疑了一會，最後搖頭，「不認識。」

自從和孫群在一起之後，他對孫承和孫翰絕口不提，她也沒有多問。她不想刺激他，更不希望勾起他不好的回憶。

梁葳試探地問：「妳知道他？」

「知道啊，之前在急診室有過幾次交集。」汪書芸說得一副理所當然的樣子，「他在醫院裡面也算有名，他長得滿好看的，那種壞壞帥帥的類型和醫院其他書呆子很不一樣，很常聽護理師私下討論他。」

「這樣啊……」

客觀來說，孫承那張臉確實稱得上俊朗，氣質張揚，頗有些狂放與放浪不羈，在一群規矩守分的醫生中確實顯得突出。

梁葳不由得想起孫承看著孫群時，那憤怒又充滿恨意的眼神。如今孫群和孫承同在一間醫院工作，她深怕兩人意外碰面時，又會再起衝突。

「不過他的私生活有點複雜就是了，好像常去夜店和酒吧，之前還因爲打人進過警察局，差點被醫院解僱。」汪書芸神祕兮兮道：「我甚至聽急診室的人說，他和醫院不少護理師、女醫師上過床！最廣爲人知的就是他和急診科主治醫師陳潔的八卦，只是陳醫師是出了名的冰山美人，沒人敢去問她。」

提到陳潔，梁葳想起了前幾次她們有過的交集，不論是撞見她和孫承在儲藏室親熱、陶永歆心臟病發作送醫，或是在急診室時她對孫承動怒，每一次的接觸陳潔都令梁葳印象深刻。

來到盛宇醫院後，她也耳聞許多關於陳潔的事。

三十四歲、盛宇大學醫學系畢業、急診科主治醫師，同樣身爲年輕有爲的女性主治醫師，梁葳常聽見自己的名字與陳潔相提並論。

不過陳潔雖然以第一名的優秀成績畢業，並在盛宇進行住院醫師訓練，卻在升上主治醫師那年放棄各大醫院的工作機會，選擇到偏鄉地區的小醫院工作，是近兩年才再度回到盛宇。

「另外，我還有一位護理師朋友以前跟孫承是同一所高中。」汪書芸繼續分享資訊，「她說孫承高中原本是念藝校，好像還組了樂團，但是高三那年他突然降轉到普通高中，甚至發憤圖強考上了元明大學醫學系，跌破所有老師、同學的眼鏡。」

「眞的？」梁葳眼裡多了一絲驚訝。

元明大學是一所位於台中的私立大學，其醫學系在台灣排名第八，和排名第一的盛宇大學相比有一段差距。不過這所歷史悠久的醫學院，無論是在醫學教育或是臨床醫學研究方面都有一定的口碑。

她不禁感到好奇，孫承爲什麼忽然選擇走上一條與先前完全不同的人生道路？是因爲孫翰，還是爲了不想要輸給孫群？

抑或是他眞的想要當醫生？

「之前醫院不是還有一個傳聞嗎？」王奕瑋壓低聲音參與討論，「聽說他是孫院長的私生子？」

汪書芸貢獻出自己的情報，「據說他進警局時，就是孫院長出面把事情壓下來。而且認識孫院長多年的主治醫生也說，孫承和年輕時的孫院長幾乎是同一個模子刻出來的。」

「孫院長好像跟他太太離婚了？」王奕瑋思索片刻，「我記得他太太是華英集團的千金，前陣子新聞剛好有報導他們離婚的事。」

「好像是。」汪書芸嘿嘿一笑，「不過我個人認爲孫院長另一個兒子比較帥。」

梁葳好奇道：「妳認識孫院長的兒子？」

「他之前有來我們科見習，現在應該是實習醫生了吧？」汪書芸點頭，「通常來見習的醫學生都是一副懵懂生疏的樣子，但他很穩重專業，主治醫師交代的事情一點就通，很有醫生的架勢。」

「這麼出眾？」梁葳覺得有趣。

她曾聽孫群提過到神經外科見習的事，不過當時他並沒有分享太多感想，似乎對神經外科沒有太大的興趣，沒想到居然在別人心裡留下這麼深刻的印象。

「他認真的時候後有孫院長的架勢，笑起來的時候，則是有著孫院長沒有的親切感。」汪書芸興奮道：「梁醫師，我覺得妳應該會喜歡他，到時候他來我們科實習的時候，我再和妳說他是哪一位。」

聽見別的女人稱讚自己的男朋友，梁葳感覺有點奇妙，也不知道自己現在該吃醋還是感到驕傲。

不過目前看起來，她是驕傲成分偏多。

「好。」梁葳笑著答應。

她也覺得她會喜歡那位實習醫生。

隨著電梯抵達一般外科樓層，梁葳才剛踏出電梯，注意力就被前方的高挑身影給拉去，只見孫群站在護理站前，正與一名同樣身穿白袍的年輕女子有說有笑。

女子留著一頭俏麗的棕色短髮，長相清秀可愛，身上散發出開朗陽光的氣息，明明電梯距離護理站還有一段距離，梁葳卻大老遠就可以聽見她爽朗的笑聲。

梁葳停下腳步，雙手交叉環抱在胸前，微微瞇起雙眼。

她過來這一趟是因爲一般外科的王醫師需要諮詢，沒想到會撞見這樣的畫面。她和孫群的交友圈都不大，孫群身邊幾乎沒有其他女性友人，這是她第一次看到孫群和別的女人互動，甚至露出平時只會對她展露的溫柔笑容。

不知道爲什麼，這一幕讓梁葳心中有點不是滋味……

過了良久，兩人的對話似乎結束了，女子將一樣東西放到孫群的手裡，孫群先是皺眉推辭，女子卻堅持要他收下，這樣的動作來回幾次，最後孫群終於妥協，接過女子手中的東西。

只見女子露出滿意的微笑，拍拍他的肩，轉身離去。

等女子走遠後，孫群這才注意到梁葳的身影，臉上立刻多了一絲驚訝，連忙快步朝她走來，「妳怎麼在這裡？」

「王醫師有個病例需要諮詢，請我來一趟。」梁葳簡單回答，瞥了一眼他手裡拿著的透明塑膠盒，裡面裝著一塊起司蛋糕。

「那是什麼？」她明知故問。

孫群低頭看了一眼手中的盒子，不以爲意地回道：「看起來是蛋糕。」

「剛剛那個女生是誰？」梁葳抿抿唇，刻意避開他的視線，語氣帶著她自己也沒注意到的醋意，「這麼好，還送你蛋糕。」

孫群看著眼前鬧彆扭的梁葳，他花了幾秒鐘的時間才意識到她在吃醋，忍不住勾起唇角，覺得這樣的她實在是太可愛了。

若不是四周有太多雙眼睛，不然他眞想把她拉入懷裡，摸摸她的頭作爲安撫。

「她叫劉育霏，是一般外科的住院醫生。」

劉育霏？

梁葳抬頭迎上孫群含著笑意的眼眸，「難道她是……」

「劉育懷的姊姊。我們認識快十年了。」孫群的回答印證了她的猜測，「我上個禮拜剛進外科實習，剛好和她一起工作。」

這麼說來，梁葳想起劉育懷的確提過他有一個當醫生的姊姊。

「原來如此……」梁葳臉頰一熱，爲自己剛才的反應感到丟臉，但是下一秒，她又覺得不對勁，「她爲什麼要送你蛋糕？」

即使認識多年，也不會平白無故送對方蛋糕吧？

「因爲……」孫群臉上閃過一抹遲疑。

這讓梁葳再次瞇起眼，以爲他在找藉口。

「今天是我的生日。」

「什麼！」梁葳驚呼道：「今天是你生日？你怎麼沒跟我說？」

此話一出，她立刻發現自己這句話本身就充滿了問題。身爲女友，她本來就該記得男友的生日才對，怎麼會要求當事人提醒？

然而，事實便是她不但完全不知情，甚至還大吃飛醋，她心中頓時被愧疚感淹沒。

「不是什麼重要的事。」見梁葳一臉自責，孫群連忙安慰她，「妳最近已經夠忙了，我不想讓妳覺得妳需要幫我慶祝，再加上我也很多年沒有過生日了，連我自己都忘了。育霏的生日只跟我差一天，所以她才會記得。」

聽見他的解釋，梁葳非但沒有釋懷，反而更加過意不去，「對不起……」

以前每年孫群生日，母親總是會幫他辦慶生會，不論父親工作再忙，那天也一定會抽出時間祝他生日快樂。

當然，這是在一切變調之前。

對現在的他而言，這天就像一個觸發點，會讓他想起過往的種種，所以這幾年他養成了不過生日的習慣，甚至刻意忽略這一天。如果不是前幾天劉育霏提起她週末要舉辦生日派對，他確實忘記自己的生日即將到來。

「抱歉，我應該跟妳說的。」孫群輕聲道：「我只是不想增加妳的負擔，生日對我來說眞的不重要。」

回想起上一段感情，梁葳也是因爲課業繁忙，時常忘記交往紀念日、前男友的生日，甚至連訂好的約會都曾被她拋在腦後……難怪方兆威最後會耐不住寂寞而劈腿。

比起方兆威，同爲醫生的孫群更能夠體諒與包容她的忙碌，但這不代表她能夠把他的體貼視爲理所當然。

這麼多年來，她第一次如此喜歡一個人。

如果可以，她想一直跟孫群在一起，她不希望這段得來不易的感情，最後結束在她的粗心上。

「孫群……」梁葳不顧四周還有其他人，緊緊握住他的手，眼神堅定地看著他，「除了當一個優秀的醫生之外，我也想當一個合格的女朋友。在我心裡，你比工作更重要，以後所有重要日子，我都想陪著你一起度過，好嗎？」

孫群心裡湧上感動，「謝謝妳。」

舊的回憶可以被新的回憶取代的，如果有梁葳的陪伴，往後他的生日應該都會是讓他想要記住一輩子的美好回憶。

「我今天下午沒有手術，若你不用値班，晚上要不要過來我這，我幫你慶祝？」梁葳提議。

「好。」他微笑點頭。

此時梁葳口袋裡的手機傳出震動，是王醫師傳訊息過來，她這才想起自己來外科的主要目的。

不等她解釋，孫群便輕聲道：「妳去忙吧，晚上見。」

望著梁葳匆匆離去的背影，孫群嘴角微微上揚，他已經很久沒有對自己的生日如此期待了。

忙了一整天，梁葳在下班前將一些重要事項交代給今晚值班的住院醫師，難得在七點前離開神經外科。

一踏出電梯，她看見孫群已在大廳等候。

他全神貫注地盯著手機螢幕，趁著等待的空檔閱覽後天要報告的病例。

隨著梁葳的身影逐漸走近，孫群緩緩抬眸，唇角在迎上她視線的那一刻彎起。他將手機放回外套口袋，另一手則順勢將她攬入懷中，「今天這麼準時？」

「當然，畢竟晚上有重要行程。」她仰起小臉，「回去吧？」

「嗯。」他點點頭。

孫群不知道梁葳有什麼計畫，但是只要能和她在一起，不管做什麼事他都覺得幸福滿足。

準備離開之際，梁葳注意到孫群兩手空空，好奇問：「那塊蛋糕你吃掉了嗎？」

孫群眉毛微微一挑，似乎早就料到她會這麼問，「送給值班的護理師了。」

聞言，梁葳輕笑出聲，給了他一記讚賞的眼神，拍拍他的肩膀，「等一下補償你。」

看見她的笑容，孫群心裡的話不自覺脫口而出：「我不需要蛋糕，只要有妳就夠了。」

聽見他的回應，梁葳心臟頓時漏跳了一拍，耳尖微微發熱，抬手輕捶了他一下，「你在說什麼啦……」

孫群抿唇一笑，牽起她的手朝醫院門口走去。

途中，孫群眼角餘光瞥見右前方出現一道眼熟的身影，他臉色瞬間大變，前一秒愉悅的心情立刻被警戒取代。他反射性握緊梁葳的手，加快腳步離去，但對方似乎也注意到他，搶先喊出他的名字。

「孫群！」

孫承刺耳的聲音迴盪在偌大的醫院大廳裡，然而孫群沒有停下腳步，只是牽著梁葳繼續朝門口走。

見孫群充耳不聞，孫承非但沒有放棄，反倒加快步伐追上，擋住他的去路。

「弟弟，你要去哪裡？」孫承笑嘻嘻地看向他，語氣譏諷，「我早就聽同事說院長的兒子在盛宇實習，卻一直沒有機會遇到你，難不成你刻意躲我？」

孫群闔上眼，深深吐出一口氣，梁葳可以察覺到他正試圖壓抑情緒。

「怎麼不說話？」見孫群遲遲不回話，孫承嗤笑了一聲，話鋒一轉，「你媽媽最近還好吧？」

一聽見孫承提及母親，孫群猛地睜開眼，眼中多了一絲惱怒。

孫承嘴角揚起得逞的笑容，孫群這樣的反應全在他的預料之中。

孫群這個人各方面都好，幾乎沒有什麼缺點，他聰明、性格溫和，連忍耐力都異常強大。原本孫承以為孫群在家裡遭逢巨變後，會像條無家可歸的狗一樣，卑微地乞求施捨，沒想到他寧可到處打工賺取微薄的薪水，也不願意使用他父親每個月匯給他的龐大生活費。

不過，凡是人都會有弱點，而孫群最大的弱點，就是他沒辦法忍受別人攻擊他重視的人。

「聽說她和你爸正式離婚了？」孫承繼續挑釁，「死纏爛打這麼久，終於決定要放棄了嗎？」

孫承充滿嘲諷的口吻，令孫群左手握緊了拳頭，力道大到青筋可見，他覺得自己快要壓抑不住朝孫承揍過去的衝動。

「孫群。」梁葳連忙拉住他的右手腕，安撫道：「冷靜，別理他。」

上次在急診室，孫群狠狠揍了孫承一拳，幸好當時他的身分是病患，不適用醫院的懲處條例。可是現在他是盛宇的醫生，若真的和孫承起衝突，她怕會影響到他的實習，進而導致無法順利畢業。

轉頭迎上梁葳充滿擔心的眼神，孫群心中的怒火瞬間被澆熄大半。

在他差點又要因爲怨恨憤怒而做出錯誤的決定時，是她將他拉了回來。

這時孫承也注意到梁葳的存在，眼神先是往下打量了一眼兩人緊緊牽著的手，再看向她胸前尚未取下的醫院識別證，輕聲念道：「梁葳，神經外科主治醫師……」

不等梁葳做出反應，孫群已一把將她拉到自己身後，不讓孫承像上次那樣有機會靠近她。

「你到底想要什麼？」孫群語氣沒有一點起伏。

「你難道忘了嗎？」孫承瞇起眼，咬牙切齒地說道：「我不是說過了，你所擁有的、那些本來該屬於我的東西，我都會搶過來。」

多年來，這個目標就是孫承生存的動力，他期待有一天，那個從小就過著榮華富貴的生活、享盡了父母的寵愛、從來沒受過苦難的弟弟，可以體驗他過的是什麼樣的日子。

「如果是這樣，你已經做到了。」孫群眼裡盡是冷漠，「我和那個人沒有任何瓜葛了，對我來說，他就是一個陌生人。如果你所做的一切只是爲了得到他的關注，那你成功了，恭喜你。」

不論是那個人的錢，或是虛假的父愛，他都不需要。

以前的孫群總是輕而易舉地被激怒，讓孫承十分痛快，此刻孫群卻表現得不痛不癢，孫承一時啞口無言，而且莫名覺得一陣空虛。

「但我要你知道，你自認爲從我這邊搶走的東西……」孫群湊上前，緩緩低聲說道：「都是我不要的。」

語畢，孫群拉著梁葳離開，丟下身後一臉錯愕的孫承。

這一刻，孫群感覺他身上最後一道枷鎖終於解開了。

他眞的自由了。

坐在計程車上，孫群什麼話也沒說，手肘靠著車窗撐著臉，凝視窗外不斷變換的景色，表情若有所思。

梁葳轉頭看向孫群，方才孫群始終緊緊握著她的手，彷彿深怕自己稍微一鬆手，她就會永遠離開他。

過去還是爲孫群烙下了陰影，孫群害怕失去她，就像過去他接連失去其他重要的東西一樣。

梁葳看穿了他內心的恐懼與脆弱，這讓她感到心疼。

她想開口關心他，卻欲言又止，糾結了半晌，最後決定先讓孫群獨自靜一靜。

計程車停在梁葳住的大樓前，兩人下車，孫群主動牽起她的手，緩緩開口：「對不起。」

「為什麼道歉？」

「剛才我差點又要像上次那樣揍他了。」孫群垂下眼眸，無奈地扯了扯嘴角。如果沒有梁葳在身邊，他實在沒有把握自己可以理性地面對孫承的挑釁。

「每一次遇上他，我總會變得衝動、暴力、失控……」他做了幾次深呼吸，「我不喜歡這樣的自己，更不想被妳看見這樣的我。」

孫群遺傳了母親溫和的性格，又從小立志成為醫生，別說出手傷人了，他連對別人生氣的次數都屈指可數。可是只要碰到孫承，他就覺得自己變成了一個充滿怨恨的人。

「我明明知道他是為了刺激我才故意說那些話，卻還是每一次都上當。」他語氣帶著自嘲，「回想起來，從剛認識到現在，我總是在妳面前失態……」

開始交往前，孫群不停告訴自己，要成為一個成熟可靠的男人，這樣才能照顧好梁葳，可是他總覺得自己似乎一點長進都沒有。

「你沒有錯。」梁葳連忙搖頭，她捨不得看到他如此自責，「他攻擊了你在乎的人，你會做出那樣的反應很正常，你只是想保護你愛的人而已，不需要感到抱歉。如果是我，我也會很生氣。」

梁葳的安慰，讓孫群眼眶一熱，鼻頭跟著一酸。

梁葳伸手捧住他的臉，輕聲道：「但是在保護別人之前，你必須先保護自己，好嗎？我不想看到你受傷，不管是身體上還是心理上。」

她想看到他的世界放晴，想看到他的笑容，而不是一再被過去束縛。

孫群的掌心覆上她停留在他臉上的手，接著與她十指緊扣，深深地看著她，露出了淺笑，「謝謝妳。」

見他終於釋懷，梁葳也跟著笑了。

「況且，每個人都有不希望被別人發現的一面。」她打趣道：「要是你知道了我的其他面向，搞不好就不喜歡我了。」

他微微挑眉，「例如？」

「呃……」梁葳意識到她似乎挖了一個洞給自己跳。

孫群瞇起眼，等著她的下文。

她抿抿唇，輕咳了幾聲，用細小的聲音說：「之前我被醫院停職的時候，我直接把識別證甩在我們科的主任臉上，罵他是son of a bitch。」

孫群先是一愣，接著噗哧一聲笑了出來。

梁葳在他眼裡的形象一直都是有教養、談吐大方、舉止得體，她的性格不是正經八百的類型，然而這樣脫序的行爲，也不像是平時那個精明能幹的她會做出的舉動。

孫群毫無修飾的反應讓梁葳雙頰一陣燥熱，小力打了一下他的手臂，假裝不滿，「別笑了。」

「妳眞的很可愛。」他將她攬入懷裡，寵溺地摸了摸她的頭。

「還有後續……」粱葳抬起臉，嚥了嚥口水，艱難地開口：「那天晚上我去HEAVEN點了二十杯shots，哭得一塌糊塗，最後醉到我連自己是怎麼回家的都不知道，那大概是我這輩子最狼狽的時刻了……」

孫群一怔，腦海浮現出一段一年半前的記憶。

那時他還在HEAVEN打工，某天晚上有個女人獨自來到店裡，點了許多酒，邊哭邊喝，醉得不醒人事睡在吧檯，直到酒吧打烊。最後他用盡各種方式才從對方口中問出地址，幫她叫了一台車回家。

在這之前，她還先吐了他一身。

在酒吧工作兩年多，孫群什麼樣的客人都見過，但不知道爲什麼，他特別心疼這個不知道受了什麼委屈的女人。

「楊皓你這個該死的王八蛋……」

當時她嘴裡不停地咒罵著另一個男人，他還以爲那是劈腿的前男友，或是甩掉她的男人的名字，現在回想起來，這個人似乎就是前陣子新聞大肆報導的醫療風波主角。

原來，他們在更早以前就已經相遇了嗎？

孫群頓時驚訝得說不出話來，這種感覺眞奇妙，彷彿一切都是命中注定。

「怎麼了？」見他一副愣住的模樣，梁葳開玩笑問：「不喜歡我了？」

孫群回過神，「我好像更喜歡妳了。只不過妳以後不要一個人去酒吧喝酒，這樣很危險。」

「我知道啦。」梁葳羞愧地小聲應下，想盡快結束這個讓她無地自容的話題，「再不進去的話，你的生日都要過了。」

「好。」他再度牽起她的手，朝大樓走去。

隨著電梯緩緩抵達十八樓，梁葳突然緊張了起來。

她今天誇下海口說要幫孫群慶生，實際上她根本沒有相關經驗，就連和方兆威交往時，她也都是依賴攝影社的朋友幫忙計畫，坐享其成。

她自己的生日則過得很隨性，自從父母搬往國外定居，每逢生日，她偶爾會和朋友一起吃飯慶祝，但更多時候都因爲課業繁忙而沒有特別安排。進入醫院工作後，她更沒有心思顧及這些，頂多同事會幫她買個蛋糕，大家趁著中午空檔唱首生日快樂歌。

稍早她原本想問問汪書芸和王奕瑋這兩個年輕人的意見，卻被接連而來的工作打斷，最後也沒得到什麼有用的資訊。

正當她感到苦惱時，猛然想起剛從瑞士度完蜜月回來的摯友。林曼恩從以前就很擅長且樂於規畫各式活動，舉凡朋友出遊、聚餐，或者是每年的高中同學會，大多由她一手包辦。

於是梁葳立刻撥電話向林曼恩求救。林曼恩在聽完事情的來龍去脈之後，第一個反應就是對她訓話一番，命令她立刻把交往的重要日期全部輸入到手機的日曆裡，然後才開始幫她想辦法。

「聽起來孫群這個人比較低調，應該不喜歡盛大慶祝，我覺得還是簡單一點好。」

「例如？」

「不如妳做晚餐給他吃吧？」林曼恩提議。

「我只會煮水煮蛋……」這句話講出來，連梁葳自己都覺得羞恥，她在外獨自居住這麼久，居然連一道菜都不會做，可惜了她家裡那個漂亮的開放式廚房。

「還是訂餐廳？不過這麼臨時，好的餐廳應該也都沒位子了……」老實說，梁葳也不知道要選哪一家餐廳。平時她三餐都在醫院或家裡附近的餐館隨便解決，鮮少花時間探索新餐廳，想得到的地點似乎都不適用於今晚的目的。

「孫群喜歡什麼？」林曼恩又問。

「好像……都不討厭？」

出生在家世顯赫的家庭，孫群對物質方面的要求意外地低，他不挑食，不介意吃路邊攤或速食，也不講究衣服飾品的牌子。這樣的他，梁葳特別喜歡，然而在這種重要時刻，卻也令她煩惱。

最後梁葳終於想起孫群提過喜歡義式料理，和林曼恩討論後，決定外帶餐點在家慶祝，並選了一家最近在網路上很受歡迎的義式餐廳。

林曼恩不愧是她的多年摯友，知道她在醫院忙得抽不出時間打理這些事，便自告奮勇幫她處理一切，要她別擔心，專心救治病患就好。

「葳葳，我等六年才等到妳交男朋友，我都三十歲了，為了我們以後要成為親家的夢想，這次我幫妳，但下次妳只能靠自己了。」

儘管林曼恩的口氣帶著開玩笑的意味，但梁葳知道她說得對，她必須學習如何經營一段感情。

在門上的密碼鎖上按下幾個數字，梁葳先閉眼在心裡默默祈禱，才緩緩推開門。

下一秒，映入眼簾的景象讓她和孫群都訝然地瞠大眼。

原本梁葳以為林曼恩頂多幫她拿取外帶餐點而已，沒想到她居然這麼周到，連餐桌上的裝飾和餐具都幫她擺放好。餐桌中央除了多一盆漂亮的花，還有一個薰衣草味的芳香蠟燭，柔和的燭光為屋子增添浪漫的氣氛，廚房內乾淨的中島上則放著今天的晚餐。

雖然從醫院返家途中發生了一些小插曲，不過至少慶祝的部分沒有出意外，這讓梁葳著實鬆了一口氣，她在心裡默默感謝了林曼恩整整三遍。

「妳整天都在醫院，是怎麼辦到的？」孫群很是疑惑。

「我請朋友幫我的。」梁葳老實回答，「其實我從來沒有安排慶生活動的經驗，今天問了幾個醫院的同事也都沒有幫助，最後是我朋友給了我建議才定案。」

她抿了抿唇，無奈一笑，「我除了書念得好，對人體和大腦構造特別了解之外，其他的領域都還有待加強，尤其在感情這一塊，我不希望因爲我的粗心而讓你感到不愉快。」

孫群抱了抱她，在她耳畔輕聲道：「只要能和妳在一起，對我來說就足夠了。」

梁葳不是第一個幫他慶生的女人，與陶永歆交往的四年多裡，她也曾經爲他辦過數次慶生派對。陶永歆喜歡受到關注，每一次的派對規模都格外盛大，席間充滿許多他熟悉卻也不熟悉的「朋友」。

他不介意，也沒有覺得不妥，可是內心總有股無法解釋的空虛感。

如今看著眼前的梁葳，因爲不知道他的生日而感到自責、因爲不知道該怎麼幫他慶生而苦惱，他才明白自己不需要浩大的儀式、不需要眾人的祝賀，更不需要貴重的禮物或蛋糕。

只要和她在一起，不管做什麼都好。

梁葳甜甜一笑，拉起孫群的手走向餐桌，將他安置在座位上，「好啦，我想你一定餓了，我們吃飯吧。」

享用完晚餐後，孫群接到母親的來電，便走到陽臺上接聽。

孫群父母的婚姻終於在兩個月前正式畫下句點，基於孫翰在醫界的地位以及孫母娘家的企業背景，即使兩人平時行事低調，離婚的消息一曝光依舊引來媒體的關注。

儘管孫母只要將孫翰的醜事攤在大眾面前，就可以輕而易舉毀掉他，但她並沒有這麼做，只對外表示離婚是出自雙方共識，並未給出結束婚婚的真正原因。

這算是孫母對這段婚姻最後的溫柔與寬恕。

後來孫母不但認真接受心理治療，復健情況也很不錯，現在她已不需要仰賴輪椅行動，情緒更穩定許多。

聽孫群說，孫母前陣子加入家裡附近的教會，全心投身在義工活動上，不僅認識了一群新朋友，生活也找到了其他重心。

經歷了這麼多事，孫群終於徹底擺脫過去的陰霾，這讓梁葳感到欣慰。

趁著孫群講電話的空檔，梁葳從冰箱裡拿出黑森林蛋糕，插上二十六歲的數字蠟燭。

她特別要求林曼恩請蛋糕師傅在Happy Birthday的字樣旁邊，額外以糖霜畫上太陽圖案。

也許孫群的世界經歷了一場漫長的雨季，烏雲掩蓋了他的光芒，但是在她心中，他一直都是耀眼的存在。

打從遇見他的那一刻起，他的身影就深深烙印在梁葳心裡，她始終都無法忽略內心因他而生的悸動。

她沉浸在自己的思緒裡，直到耳邊傳來孫群略帶歉意的嗓音，「抱歉，我媽一開始講電話就停不下來……」

梁葳連忙拿起一旁的打火機點燃蠟燭，雙手捧起蛋糕走到他面前，清了清喉嚨，緩緩唱道：「祝你生日快樂，祝你生日快樂，祝你生日快樂，祝你生日快樂……」

大概是沒想到她真的有準備蛋糕，孫群有些驚訝，他瞥見蛋糕上的圖案，唇角微微上揚。

她彎起杏眼，微笑說道：「生日快樂，孫群。」

孫群的雙眸裡映著搖曳的燭光，一時感動得難以言語。

「至於禮物，先讓我欠個幾天，好嗎？」梁葳俏皮地眨了眨眼，「許三個願望吧。」

沉默半晌，孫群才緩緩啓唇：「梁葳……」

「嗯？」

「遇見妳之前，我經歷了一段很黑暗、很絕望的時光，那時我覺得自己失去了一切，在這個世界上，好像沒有任何能再讓我心生眷戀的事物。」他直直望著她，「可是在遇見妳之後，我發現只要有妳在，我就擁有了全世界。」

他低頭看向蠟燭，「所以禮物就不用了，我只希望妳待在我身邊，好嗎？我也不需要三個願望，只要這一個就夠了。」

他不能沒有她。

孫群的自尊心極強，就連被現實踩在腳底下都不曾向人低頭，此刻他的語氣卻帶著懇求。

梁葳一瞬間什麼話也說不出來。

「太貪心了嗎？」他垂下眼眸，長長的睫毛遮住了他失落的眼神。

梁葳將手裡的蛋糕放到中島檯面上，主動吻上他的唇，直接用行動答覆他。

過了良久，梁葳才緩緩抽離，抬頭與他對望，她清澈明亮的瞳孔裡映著他的輪廓，「你的願望，可以當作實現了。」

孫群眼裡湧現感動，內心最眞切的想法脫口而出：「我愛妳。」

他知道，他這輩子所有的愛，都將獻給這個女人。

孫群一手輕托住梁葳的下顎，俯身再次吻上她的唇。他掌心冰涼的溫度，宛如一道電流，沿著神經蔓延至她的全身。

她闔上眼，接受他的親吻，隨著他加深力道，梁葳抬手勾住他的脖頸，兩人逐漸發燙的身軀緊貼在一起，沒有任何空隙。

一旁蛋糕上的蠟燭越燒越短，最終熄滅。

孫群將梁葳推向身後的流理臺，一手扶著她的後腦勺，另一手撐在檯面上，將她的身子禁錮在雙臂之間。

他伸手將她胸前的髮絲撥到肩後，吻了吻她的鬢邊，雙唇再一路由脖子往下滑至鎖骨。

梁葳感到一陣酥麻，雙手揪緊孫群的衣襟，她咬著下唇，花了好幾秒才喚回理智，「孫群，等、等一下……」

孫群停下動作，熾熱的目光迎上她的視線。

「蛋糕……」她喘息連連，「不先吃蛋糕嗎？」

孫群眉毛一挑，不敢相信她居然在這個時間點提出這個問題。

「比起蛋糕……」他嘴角勾起，富有磁性的嗓音在她耳邊低語：「我比較想要妳。」

梁葳小臉一瞬間脹紅，她明天早上還有門診啊！

不等梁葳回應，孫群傾身再次吻上她的唇，這回，他沒再讓她有機會打斷他，直接將她打橫抱起，走進主臥室。

直到隔天早上，蛋糕都還完好如初。

✦

轉眼間，梁葳來到盛宇醫院滿一年了。

也許是這一年過得特別充實快樂，她完全沒有意識到時光的流逝。看著現在的自己，梁葳無法想像一年多前的她，正爲著沅野醫院院內的種種烏煙瘴氣而煩心。

每一次回首，她都覺得這趟旅程非常奇妙。

如果當初楊皓沒有陷害她、她沒有被醫院停職，她也不會體會到教書的樂趣、不會認識孫群、不會來到盛宇醫院，找到眞正適合她的歸屬。

她現在明白了，每一件事的發生都有其原因，無論好壞，遇見了就去面對，一切都是爲了成就更好的自己。

結束例行的早晨巡房後，梁葳趁著門診開始前的空檔，到護理站閱覽昨天晚上値班醫生的筆記，碰巧撞見汪書芸和王奕瑋正在熱烈討論著什麼。

梁葳抽起病例簿，好奇問：「你們一大早在聊什麼？」

「前陣子很紅的一部電影，叫《好想你》。」汪書芸興奮地說道：「梁醫師妳有看過嗎？」

「有聽過，但沒有看。」梁葳搖頭。原本以爲他們可能是在討論病患或是醫學案例，沒想到居然是電影，她眞的是敗給這兩個活寶。

「總之，故事在講原本是資優生、想要考醫學系的女主角，發現自己得了白血病，然後在醫院遇見同校的學渣男主角。兩人逐漸愛上對方，男士角爲了幫女主角實現夢想，開始用功念書，最後考上醫學系。」汪書芸滔滔不絕地說道：「昨天我們終於找時間看了這部電影，劇情後勁眞的很強，意猶未盡。」

「原來如此。」梁葳笑著點頭。

「梁醫師，我很推薦妳看這部電影，不只劇情很棒，男主角也超級帥。」汪書芸瞥了旁邊的王奕瑋一眼，小聲嘆息，「唉，要是我們醫院也有那樣的男醫生就好了，哪像我身邊都是一些拐瓜劣棗……」

「妳自己也沒有女主角正，還敢要求別人。」王奕瑋毫不留情地回嘴。

兩人一如往常砲火再次開啓，互不相讓。

看著他們鬥嘴的畫面，梁葳抿唇一笑，心想，也許在不久的將來，神經外科便會出一對歡喜寃家。

打鬧到一半，汪書芸眼角餘光似乎注意到什麼，立刻止住玩鬧的動作，收起嬉皮笑臉，轉爲嚴肅正經。

看到汪書芸的反應，梁葳順著她的視線回過頭，只見兩道身影沿著走廊走過來，其中一人是神經外科的徐主任，另一人則是……院長孫翰。

梁葳來盛宇工作已經有一段時間了，偶爾會在大型會議上看見孫翰，但都只是遠觀，沒有正面接觸過。

有一次她和孫群在大廳巧遇孫翰，當時他身邊跟著幾位資深主治醫師，孫群向他禮貌點頭，說了聲「院長好」，再無交談。對孫群而言，孫翰的身分早已不是父親，只是醫院裡的上司。

待梁葳回過神時，徐主任和孫翰已經來到她的面前。

徐主任率先爲孫翰介紹，「孫院長，這位就是我之前跟您提到過的梁葳，她以前是我們科的住院醫師，後來在沅野醫院任職，去年才回到這裡。」

看著那張與孫群有幾分相似的臉孔，梁葳主動伸出手，「孫院長您好，很榮幸見到您。」

「雖然晚了很久，但是歡迎妳來到盛宇，梁醫師。」孫翰回握住她的手，禮貌一笑，「我之前就聽說過不少關於妳的事情，很高興妳能加入我們。如果日後有任何需求，請不要客氣，隨時都可以找我或是徐主任。」

孫翰渾身上下散發出沉穩的氣息，舉手投足間也充滿領導風範。即使知道他私下做過哪些骯髒事，在這個當下，梁葳也不禁對他感到敬畏三分，更別說身後的汪書芸和王奕瑋了，兩人昂首挺胸，一動也不敢動。

「謝謝孫院長。」梁葳微笑點頭。

從孫翰的眼神看來，她知道他完全不曉得自己正在和他兒子交往。

等到孫翰和徐主任的身影逐漸遠去，汪書芸和王奕瑋才如釋重負地鬆了一大口氣。

「孫院長怎麼會一大早過來這裡？」王奕瑋拍拍胸口，「這是我第一次這麼近距離看到他，差點嚇死了！」

「可能是因爲院長選舉快到了，所以需要做些院內交際吧？」汪書芸思忖片刻，說出猜測：「傳聞之前孫院長會當選，部分原因是他岳父捐了很多錢給盛宇，不過現在他離婚了，不知道今年選舉結果如何？」

「孫院長做得滿好的，人也很正派，連任應該沒什麼大問題吧。」王奕瑋聳肩。

「難說喔。」汪書芸搖頭，「今年競爭很激烈，胸腔外科的汪醫師、泌尿科的林主任、還有一般外科的簡醫師都在名單上。汪醫師去年引進了國外ECMO的新技術，登上許多期刊和媒體報導，這次很多人看好他可以擠下孫院長。」

然而他們的對話，梁葳一個字都沒有聽進去，只是沉浸在自己的思緒裡。

過去她的心思都放在孫群身上，從來沒有想過究竟是什麼樣的人，才能夠編造謊言二十多年，最後還狠心拋家棄子？

✦

下午梁葳接到急診室通知，說有一批連環車禍傷患正在送往醫院的途中，其中有腦部受到重創的傷者，需要神經外科醫生協助。

梁葳二話不說，馬上帶著汪書芸至急診室。

「梁醫師！」急診室的住院醫師一看到她，立刻上前說明，「救護車還在路上，不過聽EMT說該名車禍駕駛頭部受到重擊，昏迷指數是八，可能有顱內出血。」

「到時候患者來，先安排CT，聯絡上面準備手術室，以防萬一。」梁葳看向汪書芸。

「是。」接收到指示，汪書芸立刻拿出手機聯絡相關人士。

環顧忙碌的急診室，梁葳的視線落在前方的孫群身上。他正與另一名實習醫生站在一位較年長的主治醫師身後，全神貫注地聽著主治醫師講述病患的情況。

由於盛宇醫院占地面積頗大，孫群又是實習醫生，每一兩個月就會輪不同科實習，因此縱使梁葳和他在同一間醫院上班，卻鮮少看到彼此工作時的樣子。

然而她還來不及想太多，注意力就被遠處的爭吵吸引過去。

「你講話注意一點！小心我告死你！」應該是病患家屬的中年男子對著一名男醫

生大聲斥罵。

「你兒子全身上下都是瘀青，甚至有兩根肋骨斷裂，你說這是他自己跌倒撞到？一個八歲的小孩有能力把自己傷成這樣？」男醫生指著躺在病床上面色蒼白的小男孩，似乎正努力壓抑滿腹的怒火，「你當我是白痴嗎？」

定睛一看，梁葳發現那名男醫生是孫承。

「我說是他自己撞到的，就是他自己撞到的！你有什麼證據證明不是他自己撞到的嗎？」中年男子眼神不屑地打量孫承，冷哼一聲，「我看你身上一堆刺青，講話像個流氓，一點醫生的樣子都沒有，叫你們主治醫師出來！」

孫承被男子的態度激怒，一把揪住男子的衣領，「你再說一遍？」

「你幹什麼！」男子急得瞪大雙眼，氣極敗壞怒喝：「放開我！」

急診室裡所有人都往他們看去，幾位護理師也愣住了。

孫承咬牙切齒道：「這個世界上，我最看不起你這種打小孩的敗類。」

他舉起右手，正準備一拳揍向男子，手腕卻被人猛然抓住。

孫承愣愣地轉過頭，視線迎上孫群冷靜的眼眸。

「放開他。」孫群語氣平靜，「這拳打下去，錯的就是你。」

「發生什麼事？」一道清冷的女聲發話。

陳潔朝孫承走去，臉上依舊是一貫的沉著，絲毫沒有因爲混亂的場面而展露出一點驚慌失措。她瞥了一眼孫承和孫群，再看向病床上的小男孩，最終目光落到中年男子身上。

「這個人是流氓，還不快報警！」男子慌張地大叫。

「我們已經聯絡警察了。」陳潔從容不迫地說道，平淡的語氣中帶著無形的威脅，「通報這裡有人疑似虐待兒童，請他們盡快派人過來。」

話一說完，幾名醫院保全也及時出現。

孫承鬆開抓著男子衣領的手，男子一時間沒站穩，整個人撞上身後的醫療推車，跌了個四腳朝天，保全立刻上前將男子制伏，不讓他有機會逃跑。

孫承看了孫群一眼，用力甩開他的手，頭也不回地走出急診室。

梁葳在旁邊目睹整個經過，對孫承的印象有些改觀，同時也注意到孫群的視線追逐著孫承離去的背影，眼裡有著一絲不甚明顯的錯愕。

那天晚上，孫群沒有向她提起急診室發生的那件事，他大概不知道當時梁葳也在現場。

他一如往常在睡前吻了吻她的額頭，關上主臥室的大燈，獨自到飯廳複習下個月的第二階段醫師國考。近期孫群幾乎每晚都熬夜念書，沒有值班的日子，他都凌晨兩、三點才睡。

也許是少了孫群的陪伴，梁葳躺在大床上翻來覆去，輾轉難眠。最後她感到口渴，決定起床喝水，順便看看孫群是否在外面不小心睡著了。

一踏出主臥室，梁葳看見孫群背對著她坐在飯廳的長桌前，桌上放滿了書本、講義和筆記，可他的視線卻落在筆電螢幕上，兩耳戴著耳機觀看影片，絲毫沒有注意到她。

梁葳瞇起眼，從他的身後望去，影片中的人……似乎是孫承？

她聽不見影片的聲音，從畫面上看來，她猜這是一個樂團的專訪。影片的場景是練習室，背景裡有鋼琴、鼓，以及其他樂器，影片中除了孫承之外，還有另外三名與他年齡相仿的男女。

「她說孫承高中原本是念藝校，好像還組了樂團，但是高三那年他降轉到普通高中，甚至發憤圖強考上了元明大學醫學系，跌破所有老師、同學的眼鏡。」

梁葳突然想起之前汪書芸說過的話……不過孫群從來不曾主動提起孫承，感覺想和他劃清界線，爲什麼現在會突然關注孫承？

梁葳雖然感到好奇，卻沒有問出口。

✦

孫群考完國考後，梁葳趁著工作時的空檔，約他到醫院頂樓的天臺散散心。這陣子他都忙於念書，兩人相處的時間少之又少，即便她不是纏人的女朋友類型，也還是覺得有些寂寞。

「考得如何？」她問。

「都會寫。」

梁葳明白這個答案代表他很有把握，會心一笑，「那就好。」

「抱歉，最近忙著準備考試，沒有好好陪妳……」孫群歉然道，伸手將她攬入懷裡。

梁葳仰起小臉，開玩笑說：「現在開始陪我，就原諒你。」

孫群唇角勾起一抹笑，「好。」

然後，他一手扶上梁葳的側臉，低頭吻上她的唇，久久才結束這個吻。

梁葳垂下眼，抿了抿紅唇，耳尖微微發紅，「孫群，我們還在醫院……」

「這裡又沒有人。」看著她害羞的模樣，孫群笑著再次捧住她的臉，故意鬧她。

然而他還來不及有下一步動作，頂樓建築轉角處的天臺另一側忽然傳來對話聲。

「現在對我而言是很關鍵的時刻，你就不能安分點嗎？」

「你說像孫群一樣，把你當成陌生人？」

孫群立刻辨認出，對話的兩人分別是孫翰和孫承。

孫群鬆開懷裡的梁葳，邁開步伐走過去。梁葳連忙跟上，兩人在建築轉角處停下腳步，身子貼著牆壁，安靜地聆聽。

「你說什麼？」聽見孫承語帶嘲諷，向來喜怒不形於色的孫翰，臉上難得露出慍怒，「你來到盛宇之後，捅出來的簍子還不夠多嗎？上警局、和女人傳緋聞，要不是今天晨會遇到急診科的柯主任，我都不知道你差點動手毆打病人家屬？」

孫翰瞥了一眼孫承白袍衣袖下若隱若現的刺青，冷聲道：「這裡是醫院，不是夜店。拜託你有點醫生的自覺好嗎？滿身刺青又動不動跟人起衝突，有哪個病患會願意把生命交給你？」

孫承嘴角揚起一抹諷刺的弧度，兩眼對上孫翰的視線，「你知道我身上爲什麼有這麼多刺青嗎？」

孫翰沒有回答他的問題，只是保持著沉默。

「從我有記憶以來，我就一直覺得我媽是雙面人。對外，她是個溫柔細心的護理師，但在我面前，她情緒非常不穩定。」孫承語氣平淡，「小時候，我只要做了任何讓媽看不順眼的事，像是晚餐沒有在三十分鐘內吃完、考試考差了，或是在家不小心吵到她，她就會逼我在地上罰跪，甚至拿棍子打我，常常把我打到皮開肉綻，就算傷口癒合了，也會留下疤痕。」

孫翰微微瞠大雙眼，顯然完全不曉得孫承的母親有這一面。

「後來她交了一任男朋友，對方是個整天只會賭博、遊手好閒的廢物。長達三年的時間，那男的每一次輸錢、喝醉酒、心情不好的時候，就會拿我當出氣筒。我媽知道了也沒有阻止他，反正在她眼裡，我就是個拖油瓶，和垃圾沒差別。」

躲在牆後的梁葳震驚地用手摀住嘴巴，深怕不小心發出聲音。她頓時明白孫承那天在急診室裡，爲何對那名疑似虐童的男子態度如此激烈。

因爲，他曾經就是家暴的受害者。

梁葳仰頭瞥了一眼身旁的孫群，他似乎並不意外，彷彿早就知情。她心想，難怪孫群那天深夜會上網搜尋孫承……大概是想了解他的過去吧。

「每一次站在鏡子前，看到這些疤痕，都讓我感到反胃，所以長大後，我選擇用刺青蓋過這些疤痕，假裝那些事從來沒有發生過。」孫承黯然道：「這些你都不知道吧？」

孫翰深深吐了一口氣，「我不知道。」

「是不是很難想像？畢竟她平時對你百依百順，在你面前總是一副溫柔體貼的模樣。」孫承冷笑，「但早在你拋棄她、選擇富家千金的那一刻起，她就已經不再是你心中那個始終在你背後默默支持你的青梅竹馬了。」

孫翰想要反駁，卻什麼話也說不出口。

「我的成長過程，是你還有你那個從出生就擁有一切的兒子，一輩子也不可能理解的。」孫承眼裡充滿冷漠。

聞言，孫群全身一顫，雙手不自覺緊握。

梁葳連忙握住他冰涼的手。她想要帶他離開，因爲她知道接下來孫承和孫翰的談話，只會讓孫群好不容易結痂的傷口再次被揭開。

「小時候我常問自己，爲什麼我沒有爸爸？我到底做錯了什麼，出生在這種家庭？」孫承扯了扯嘴角，「現在想起來眞可笑，你缺席了我的整個人生，我卻爲了想要得到你的認可，放棄了眞正喜歡的音樂，拚命念書考上醫學系，成爲醫生。」

「我──」孫翰擰起眉，想要解釋，孫承卻不給他機會。

「我還以爲當了醫生，我會變成一個更好的人……事實正好相反。」孫承自嘲道：「你反而讓我展露出內心最醜陋的那一面，讓我變成了一個連我自己都看不起的人，我甚至覺得現在的我比以前更可悲。」

「孫承……」孫翰先前的怒氣已全然被歉疚取代。

「你應該也不知道我爲什麼會選擇急診，而不是像你一樣走外科吧？」雖然是問句，孫承的語氣卻無比肯定，「因爲這個世界上，唯一對我好的人，在那裡。」

「所以別怪我行爲不檢點、性格扭曲，這有一半都是你們造成的。」孫承無所謂地笑了笑，顯得有些淒涼，「或許在別人心中，你是一個好醫生，但對我而言，你是我見過最差勁的人。」

他兩眼筆直地望向孫翰，冷酷道：「你這種人，不配爲人父。」

丟下這句話，孫承轉過身，頭也不回地離開，這個瞬間，他眼裡的悲傷與自憐，誰也沒發現。

最後天臺恢復了原本的寧靜，梁葳的耳邊只剩風的呼嘯聲。

「孫群……」她抿了抿唇，抬頭看了孫群一眼，小心翼翼地問：「你還好嗎？」

孫群沒有立刻回答，過了良久，才勉強彎起嘴角，「我沒事。」

然而他五味雜陳的心情全部寫在臉上。

「我只是覺得很悲哀。我和他都曾經想要成爲像我爸一樣的人，只爲了獲得我爸的父愛與認可，結果，我們最後什麼都沒得到。」

這一切值得嗎？

孫群回想起高中第一次見到孫承的情景，當時孫承是用什麼樣的心情對他說出那些話？

「孫群……」梁葳輕輕抱住他，將他的頭攬向自己的肩膀，溫柔道：「我就在這裡，你可以不用逞強。」

孫群沒有說話，眼眶一熱。以前他一直討厭孫承，因爲孫承所做的每一件事、說的每一句話，都只是爲了看他陷入痛苦與掙扎。

所以孫群不懂，爲什麼在得知孫承悲慘的過去之後，自己會這麼難受？

幾天後，梁葳從汪書芸口中得知了一個令人震驚的消息。

「急診科的孫承辭職了。」

梁葳感到錯愕，愣怔了半晌才問：「爲什麼？」

「不知道，今天早上聽急診室的護理師說的。」汪書芸聳肩，「可能是跳槽去其他醫院，也有可能是不想當醫生了，沒人清楚眞正的原因。」

「喔……」梁葳只是應了一聲。

「陳醫師這幾天狀況也不太好，昨天有一個急診病患因爲她判斷錯誤，差點喪命，柯主任好像當著急診室所有人的面狠狠罵了她一頓。」汪書芸繼續說道：「陳醫師做事一向小心謹愼，我想她會這麼失常，應該跟孫承的辭職脫不了關係，看來他們之間的傳聞是眞的？」

下班回家後，雖然孫群什麼都沒說，梁葳知道他一定聽說了孫承辭職的消息。那天晚上他擁著她入睡，抱著她的力道比以往都來得重一些，像是個需要人陪伴的孩子。

自從在天臺上聽聞孫承的成長過程後，孫群表面上看不出異樣，但梁葳明白他心裡肯定不好受。

✦

隨著盛宇醫院院長選舉的日子逼近，所有候選人都積極地投入競選，不過眾人皆心知肚明，不論競爭者再怎麼優秀，孫翰連任的勝算還是最大。

然而一個震驚醫界的消息，卻在選舉前幾天毫無預警地橫掃各大媒體平臺和週刊，斗大的標題寫著：

盛宇醫院院長與療養院護理長長達十年婚外情曝光。

報導詳細敘述孫翰和孫承母親的婚外情，孫翰十多年來頻繁進出孫承母親的住處、多次使用研討會經費帶孫承母親出國遊玩、大手筆購買精品和房子給孫承母親……他所做的每一件事情都遭放大檢視。

孫翰是醫界舉足輕重的大人物，形象一向正直凜然，醫學生涯幾乎沒有任何污點，不但醫術高超，前妻娘家的雄厚背景和財力更是他事業成功的推手。去年離婚消息曝光時，醫院中鮮少有人敢公開討論或猜測他離婚的眞正原因。

不過媒體報導的內容大都集中在孫翰和孫承的母親身上，較少提及孫群、孫承，以及孫群母親的身心狀況。

孫群的母親一向行事低調，離婚那段期間也從未說過前夫的不好，如今新聞一爆出來，網路上的聲音普遍都是心疼孫母，爲她打抱不平。

後來孫母也首度公開發言，承認報導內容是事實，她也早已知情，但她表示自己不清楚是誰將消息透露給媒體的，請媒體得饒人處且饒人，不要再繼續追究下去。

所有人都看得出來，孫母是眞的已經完全放下，不在乎了。

✦

「是孫承做的。」

在孫翰婚外情一事曝光之後，孫群的反應格外冷靜沉著，彷彿一點也不意外。

「當初剛辦完離婚手續時，我曾經想將我爸做的醜事公諸於世，是媽拜託我不要這麼做，她不想再和那個人有任何牽扯。」他頓了頓，「除了我和我媽之外，這個世界上只剩下孫承清楚所有的事情……」

近日盛宇醫院大門口每天都擠滿了記者，孫群身爲孫翰的兒子，不可能分毫不受影響。

看見他故作堅強的模樣，梁葳感到心疼，她上前抱住他的腰際，輕聲說道：「我在這。」

當初孫群就是因爲梁葳對他說了這句話，毫無顧忌地擁抱傷痕累累的他，他才願意對她敞開心房，將那些無法輕易傾吐的痛苦回憶全部告訴她。

如果沒有遇到她，他可能至今還是獨自一人在漆黑的深淵裡掙扎。

如果沒有遇到她，今天的他會是一個什麼樣的人？

他不敢想像，也不願意去想。

「我沒事。」孫群雙手輕捧她的臉，讓她抬頭看向自己，唇角彎起一抹淡淡的笑。

梁葳擰起眉頭，顯然沒有被說服。

「我眞的沒事。」他再次安撫，眼神流淌著溫柔，「因爲有妳在。」

聞言，梁葳一怔。

「在認識妳之前，有很長一段時間，我的內心只剩下憤怒和埋怨。我無法理解我爸，也沒辦法原諒他做的一切。」他緩緩說道：「那陣子我知道我變了，變得很黑暗、負面、不信任人，明明我討厭這樣的自己，卻束手無策。」

孫群頓了頓才又繼續訴說：「直到遇見了妳。是妳幫我找回了以前的我、找回了夢想、找回了我對這個世界的希望。」他語帶笑意，「我很滿意現在的生活，也認爲我爸會得到應有的懲罰，所以我眞的沒事，別擔心。」

孫群最近常常在想，他若沒有認識梁葳，是否會變得和孫承一樣，成爲一個連他自己都看不起的人？

他們同樣都因爲別人的自私，而被迫承擔極大的痛苦。只是他比孫承幸運，他遇見了一個可以治癒他的傷口、將他從深淵中解救出來的人，在他差點做出錯誤的選擇、走上歧途時，及時拉了他一把。

雖然他無法輕易原諒孫承的行爲，卻也明白是什麼造就了今天的他。所以他只能祝福孫承，在未來的某一天，他也能夠遇見一個人，幫助他放下怨恨、得到救贖。

望著孫群的眼眸，梁葳明白他是認眞的，欣慰一笑，加深了擁抱的力道，「那就好。」

只要他的世界不要再次變得黑暗，那就好。

✦

孫翰由於外遇的醜聞，形象嚴重受損，也對盛宇醫院的名聲造成負面影響，醫院理事會召開緊急會議，最後決定撤除他的院長競選資格。

事到如今，孫翰明白一切已經沒有挽回的餘地，便果斷遞上辭呈，在理事會解聘他之前，主動卸下院長頭銜。

至少這樣，他還能夠保留那所剩不多的尊嚴。

曾經的醫界名人，最終落得這樣的結局，令人唏噓。

這天，孫群不用值班，梁葳也難得沒有行程滿檔，兩人便約好一起下班。

孫群順路來到神經外科的樓層，大老遠便看見前方正在向值班醫生道別的梁葳。

一捕捉到他的身影，她立刻朝他快步走來，笑著一把勾住他的手臂，「走吧。」

面對她的主動，孫群眼裡閃過一抹淡淡的驚訝。

畢竟兩人平時就算在醫院裡遇見，也都只是點頭招呼，很少做出親暱的舉動。

孫群眼角餘光注意到剛才和梁葳道別的兩名住院醫生，他們一臉震驚，彷彿得知了什麼不得了的大事。

梁葳的心情似乎因爲提早下班而特別好，絲毫不在意旁人的反應。

見狀，他的心情也被她的喜悅感染。

走進電梯，孫群低頭看了一眼腕上的錶，「今天比較早下班，我們走一走再回家吧？」

兩人來到醫院的頂樓天臺，天空逐漸染上一層薄薄的橘紅光暈，柔和的光芒透過雲層照亮大地，畫面美得好不眞實。

「怎麼了？」梁葳的語氣多了一絲擔心，她可以感覺到孫群有話想說。

「有一件事想和妳分享。」他從口袋裡拿出一封信，放到梁葳的手中。

梁葳疑惑地打開信封，抽出裡頭的文件，才讀完第一行字便驚喜地抬頭看向孫群，「這是……」

「第二階段國考成績。」孫群深深地看著她，「我通過了。」

這代表他即將拿到醫師執照，成爲正式的醫生。

「天啊！」梁葳激動地抱住他，「恭喜你！」

儘管她從來沒有懷疑過他的實力，但看到他的努力有了實際的回報，她還是難以掩飾內心的欣喜。

孫群輕笑，「謝謝。」

梁葳又瞥了一眼手上的通知書，小聲咕噥：「你居然考得比我當年好……」

「那是必須的。」孫群唇角輕輕一勾，「畢竟我的目標，是成爲像妳一樣優秀的醫生。」

「一樣優秀可以，但不准比我厲害。」梁葳開玩笑，踮起腳尖輕啄了一下他的唇，當作是他通過國考的第一個獎勵。

孫群嘴角的笑意更深了，他牽起她的手，「回家吧？」

正當他準備邁開步伐時，梁葳卻拉住他，眼睛看向前方的景色，「我想看日落。」

放望眼去，此刻夕陽的餘暉已經渲染了整片天空。

平時她下班離開醫院時，天色早就黑了，難得有機會目睹美不勝收的絢麗晚霞。

「好漂亮……」梁葳低聲讚嘆。

「嗯。」孫群應聲，視線卻不在前方斑斕的晚霞，而是在她身上。

儘管眼前的景色壯觀奪目，在他眼中，她才是他的世界裡最美麗的風景。

晚風徐徐吹來，孫群伸手將她攬入懷中。

梁葳仰頭與他相望，清澈明亮的眼裡全都是他，臉上掛著那抹初次在醫院相遇時，令他看得出神的笑容。

「我愛妳。」

他是何等幸運，能夠遇見一個這麼美好的人。

梁葳回抱住孫群，低聲說：「我也愛你。」

太陽西沉後，夜幕隨之降臨。

然而，只要有她在的地方，即使日落，世界依然是明亮的。

全文完

番外
屬於我的幸福

「你是我這輩子最大的錯誤。」

自從我有記憶以來，母親看我的眼神總是充滿怨恨，只要我在任何小事上出錯，她就會嚴厲地懲罰我，彷彿我犯了滔天大罪般。

她身邊的男人總是一個接著一個換，卻沒有哪個人叫得出我的名字，唯有需要一個出氣筒發洩時，他們才會想起我的存在。

「愛」是什麼，「家」又代表著什麼意義，我不曉得。

直到小學六年級，我才知道，原來我是一個有爸爸的孩子。

那天放學回家，我見到母親和一名陌生的叔叔在客廳裡談話，他身上沉穩儒雅的氣息，和母親以往身邊那些總是充斥著菸酒味的男人完全不同。

「我沒辦法和她離婚，我需要她。」男子冷漠道：「當初妳就不應該生下孫承，我已經說得很清楚了，我不可能承認他是我兒子。」

臨走前，他瞥見我的身影，他的視線停留在我身上不到兩秒鐘，便邁開步伐離去，沒有一絲遲疑。

晚上，母親一如往常用酒精將自己灌醉，我也終於得知眞相。

我的親生父親是一名醫生，也是母親的青梅竹馬，兩人高中時期開始交往，可是他們並沒有走到最後。他放棄我母親，選擇另一位富家千金，而我則是母親爲了挽回父親，處心積慮懷孕生下來的工具。

我的出生，本來就是一個錯誤。

✦

從小我就不喜歡讀書，班級成績排名永遠都是倒數，唯一的興趣是音樂和吉他。國二那年，我和幾個好朋友組了一個名叫freedom的樂團。起初組團的原因只是單純好玩，沒想到越玩越認眞，畢業後我們一起申請上藝校，甚至認眞考慮未來要朝音樂這條路邁進。

直到我遇見了孫群。

目睹了他完美幸福的生活之後，我才發覺自己活得多可笑。

第一次見到孫群，是在我打工的餐廳裡，那年我高二。

從國中開始，母親便要求我自己支付生活開銷，因此在上課和練團之餘，我都在餐廳兼職，而餐廳經理得知我有玩樂團後，偶爾也會邀請freedom來表演。

我依稀記得，那天晚上有位母親帶著年約國中的兒子來慶祝生日。女人一身高雅的打扮，身上的服飾都是高級品牌。她點了餐廳裡最昂貴的餐點和蛋糕，整場飯局母子兩人有說有笑，氣氛融洽，她看著男孩的雙眼充滿愛意，那是我不曾在我母親眼裡看到過的。

飯局進行到一半，一名西裝筆挺的男子姍姍來遲，看起來應該是剛下班。男子首先親暱地吻了吻女人的臉頰，接著將一個包裝精緻的禮物盒遞給男孩。

當男子抬起頭時，我狠狠愣住了。

即使我們只見過一次面，我卻清楚地記得他的臉——那是我的父親。

迎上我的視線，男人眼中閃過一瞬錯愕與震驚，但如同上一次見面，他的目光依舊沒在我身上多停留。

樂團上臺表演前，經理將我拉到一旁，手指向孫群他們的位置，並將一張千元大鈔塞進我手裡，「那桌客人今天幫兒子慶生，他媽媽想要請你們唱一首生日快樂歌，這是他們給的小費。」

看著手上的藍色大鈔，我心裡湧上一股難以言喻的鬱悶，想要拒絕的話語梗在喉嚨，最終我將鈔票塞入口袋，勉強點點頭，「好。」

帶著混亂的思緒，我站在舞臺上唱著生日快樂歌、看著孫群一家人和樂融融的畫面，突然意識到自己的生日也即將來臨，但誰都不記得，更沒有人在乎。

我不禁心想，如果那個男人當初選擇的是我和母親，今天坐在底下慶祝生日的人是否就是我？

那天過後，我感覺內心多了一道以前不曾有過的感受，揮之不去。

嫉妒。

✦

升上高三時，freedom因爲YouTube的興盛，在網路上慢慢累積了一些粉絲。面對未來升學志向的選擇，團員們一致想朝表演藝術科發展，並約好不論考上哪一所學校，都不會放棄樂團。

不過，我猶豫了。

自從遇見孫群，我時不時就會回憶起那天的場景，想著孫群擁有幸福美滿的一切，而我什麼都沒有。我的雙眼彷彿蒙上一層霧，除了怨恨和嫉妒，什麼都看不清。

我到底哪裡不夠好？

爲什麼父親可以對孫群展露笑容，對我卻一句關心或抱歉都沒有？

某天回到家，我打開門，一股難聞的菸酒味撲鼻而來，我知道母親又喝醉了。看到我走進家裡，她搖搖晃晃地從沙發上起身，表情嫌惡地說：「我現在最不想看到的就是你。」

「畢業後我就會搬出去。」我冷冷道。

「很好。」她哼了一聲，「我當初就應該把你打掉。我以爲你的出生會讓他回心轉意、放棄富家千金，沒想到只是讓我活得更累、更痛苦。」

聞言，我忍不住輕笑出聲，「如果是我，我也會選富家千金，而不是妳這種雙面人。」

「你說什麼？」母親立刻被激怒，瞪大眼睛吼道：「他根本不愛那個女人，他愛的是我！是因爲你沒有比她的兒子優秀，所以他才不願意離婚！」

母親拿起桌上的紙張，那是明天樂團第一次大型演出的宣傳單，不屑地撇了撇嘴，「她兒子從小立志當醫生，而你呢？整天玩音樂能有什麼出息？」

下一秒，她像是發了瘋似的抓起桌上的空酒瓶朝我扔來，「你怎麼不去死！」

平時我總能成功閃避她的攻擊，但是這回我無動於衷，酒瓶不偏不倚地打中我的額頭，玻璃碎片散落一地。

當晚，看著鏡中布滿血跡的臉，我知道自己心中的某一部分已經死去了。

隔天放學，我來到孫群就讀的貴族高中，大門口的電子布告欄寫著孫群的名字，慶賀他拿下數學奧林匹亞金牌。

隨著下課鐘聲響起，我輕而易舉在人群中補捉到孫群的身影。第一眼，我就知道我們是不同世界的人。他全身上下散發出柔和的氣質，明亮又耀眼，周邊圍繞著許多朋友，一行人有說有笑。

明明我比他早來到這個世界上，明明我的母親比他的母親更早認識父親，我們卻過著全然不同的人生。

瞬間，我感覺自己失去了理智，回過神時，我已經走到孫群面前，一拳朝他的右臉揍去。

孫群跌坐在地上，周遭隨之響起尖叫聲，他先是愣怔地看著我，下一秒，他似乎明白了什麼。

「總有一天，我會把你現在擁有的一切都搶回去。」丟下這句話，我頭也不回地離開。

那天晚上，我缺席了樂團的演出，傳了一封簡訊告訴成員我決定退出。

接著我向學校申請離校，降轉到隔壁縣市的普通高中，同時搬出家裡。

我要當醫生。孫群可以做到的，我也可以。

我不知道那段日子是怎麼熬過去的，那些我不曾接觸過的書本，讀起來就像晦澀難懂的經文，儘管如此，我卻不曾想過放棄。

收到醫學系錄取通知時，我彷彿終於證明了自己活在這個世界上的價值。宛如老天想犒賞我的努力般，那男人選上了盛宇醫院的院長，孫群母親的娘家勢力因捲入賄賂案而一落千丈。父親順勢向孫群的母親提出離婚，同時也是他第一次用正眼看我。

然而，我對此仍不滿足，總覺得心裡的缺口依舊沒有填滿，甚至一想到孫群，我心中累積多年的怨恨就會隱隱作祟。所以我處處找孫群麻煩，刻意接近他交往多年的女友，好像每一次看到他痛苦的樣子，我就可以得到些許慰藉。

原本我以爲奪走了孫群的一切、成爲醫生，會讓我變得更好、更快樂，但我反而逐漸變成一個連我自己都覺得醜陋的人。

後來我才明白，我之所以不快樂，是因爲那些東西本來就不屬於我。

我只是想要平凡人擁有的幸福，可是我卻把自己推向了地獄。

✦

向醫院遞出辭呈後，我退租了台北的房子，買了一張往台中的單程車票。

走出高鐵站，我照著地圖指示來到一家外觀低調典雅的餐酒館。在門外躊躇半响，我才鼓起勇氣推開門。

「不好意思，我們五點……」站在吧檯內的女子開口，卻在抬起頭、與我對上眼的瞬間愣住，「孫承？」

「瑞希，好久不見。」我淡淡一笑。

「天啊，真的是你！」蘇瑞希繞過吧檯，快步朝我走來，臉上盡是不可置信，「你怎麼會在這裡？」

「我在網路上查到這間號稱台中必來的餐酒館，能不來捧昔日好朋友的場嗎？」我故作輕鬆地開玩笑。

「孫承……」蘇瑞希微微擰眉，「當年樂團解散後，你就斷了聯絡，大家都很擔心你。」

「對不起。」遲了十年，這句道歉終於說出口了。

蘇瑞希是當年freedom的主唱，也是樂團裡我最親近的朋友，我們一路從國小同班到高中，她知道我所有的事。

在我決定放棄樂團、走上醫學這條路之後，我便刻意斷絕與樂團成員的所有往來，因爲我怕自己後悔做出這個選擇。

可笑的是，當我再次無處可去時，我第一個想投靠的人，卻是當初被我狠心拋棄的她。

蘇瑞希眼裡泛起波光，她一個箭步上前環抱住我的腰際，不發一語。我頓時感覺鼻頭湧上一股酸楚，也把手輕輕落在她的背上。

不知道過了多久，一道稚嫩的聲音打破這片寂靜，「媽媽……」

我往聲音傳來的方向看，一名年約四歲的小男孩從一旁的休息室走出來，像是剛睡醒。我愣愣地看向蘇瑞希，「這位是？」

「我兒子。」蘇瑞希彎起嘴角，轉身抱住了小男孩。

「妳結婚了。」我不禁感到驚訝。

「沒有。」蘇瑞希語氣帶著微微的無奈。

聞言，我便不再追問細節。

「小辰，叫叔叔。」蘇瑞希摸摸男孩的頭，溫柔地說。

「我還沒三十歲，叫叔叔太傷人了吧。」我忍不住抱怨。

蘇瑞希抿唇微笑，「小辰，哥哥是醫生喔，是個非常聰明又厲害的人，以前和媽媽一起組過樂團呢。」

這時我才注意到，過去蘇瑞希那頭總是挑染著各種不同顏色的頭髮，已經換成黑色直髮造型，以前火爆的性格也變得溫和，整個人沉著許多，還多了身爲人母的成熟。

所有人都向前邁進了，是不是只有我還停留在原地？

「眞的嗎？」小辰睜著懵懂天眞的大眼看著我，燦爛一笑，「那我以後想要成爲像哥哥一樣厲害的人！」

我頓時一怔，像是有什麼東西卡在喉嚨，讓我發不出聲音，最後我只是提起唇角，摸了摸小辰的頭。

看著小辰純眞無邪的笑顏，我知道他之所以能有這樣明亮清澈的眼睛，是因爲他在充滿愛和呵護的環境下長大。

這樣純潔善良的孩子，千萬不要成爲像我一樣的人。

「瑞希……」我停了幾秒，「妳這裡缺人手嗎？」

✦

在台中安頓下來後，我偶爾會回憶起以前在急診室累得半死的情景，想著我因爲一個不配當父親的爛人，放棄了我原本喜歡的音樂。

我有時候也會想起孫群，想起以前我總是找他麻煩、對他說過許多惡毒的話，而我更自私地將孫翰的婚外情爆料給媒體，再度傷害到孫群和他的母親，爲此感到愧疚。

對不起，孫群。

欠你的道歉，我想這輩子應該不會有機會當面向你說了。

如果我們沒有這麼扭曲又自私的父母，也許我們可以保持正常的兄弟關係，或者成爲……朋友。

此外，我還會想起一個人——陳潔。

我和陳潔之間，大概就是各取所需吧。

我們第一次見面，是在我第一年不分科住院醫生輪科的時候。陳潔是急診科的主治醫師，負責管理所有新進的住院醫師。她對人的態度總是清清冷冷，獨善其身，做事果斷，我從來不曾在她身上捕捉到太多的情緒。

某天値班的夜晚，我看到陳潔在急診室外和一名中年婦人站在一塊，婦人滿臉脹紅、神情激動，揚起手就往陳潔的左臉摑去，「我告訴妳，妳最好離我先生遠一點，不然我上法院告妳妨害家庭、通姦罪！」

陳潔的臉上立時浮現出紅腫的手印，不過她沒動怒，反倒微微勾起唇角。

這一笑更加惹怒婦人，尖銳的嗓音再次響起，「妳笑屁！長著一張狐狸精的臉，一定是和別人上床才能往上爬，眞是無恥！」

語畢，婦人作勢再給陳潔一巴掌，我連忙上前抓住婦人的手，「夠了吧，這裡是醫院，不是讓妳潑婦罵街的地方。」

「你是誰？放開我！」婦人甩開我的手，眼神上下打量了我一番，不屑道：「潑婦？你才一副流氓樣，別以爲穿上白袍就是醫生！」

這句話我已經聽了不止百遍，別人一看到我身上的刺青，就篤定我是不良少年，從醫學系到進入醫院，關於我的傳聞滿天飛，我早已習慣。

陳潔似乎對我的舉動感到意外，那雙平時總是冷靜的眼眸，難得多了一絲不明顯的情緒波動。下一秒，她揚起手，用力朝婦人的臉打去。

啪！

不光是婦人愣住，連我都傻了。

「妳管不好妳先生是妳的問題，但請妳對這裡的醫生保持基本的尊重。他是不是醫生，還輪不到妳這種人來決定。」陳潔用她那一貫清冷的口吻說道：「妳再不滾，我就叫保全。」

過了幾天，我才從急診室護理師口中得知，那名婦人是婦產科黃醫師的太太，黃醫師從陳潔還是住院醫生時就對她頻獻殷勤，這已經不是婦人第一次到醫院鬧事了。

自那天起，我就對陳潔感到好奇，因爲那是第一次有人替我說話，後來選科時，我毫不猶豫選了沒人想要的急診科。

不過陳潔和我的交情僅止於普通的上司和下屬，直到某次急診科的聚餐，我們兩人都喝多了，就這樣上床了。

之後我們只要工作有空時，就會找個隱密的地方私會，但僅只是肉體上的關係。

回到急診室，她便立刻恢復冷淡的姿態，誰也看不出我們之間有什麼不尋常。

後來我才知道，陳潔出生於南部望族，家庭中複雜的糾葛如同狗血的鄉土劇，重男輕女、三妻四妾、遺產爭奪……爲了不被牽扯進這些糾紛，她高中就搬出家裡，開始獨立生活。

她對我的家庭恩怨也不感興趣，彷彿對這類事情見怪不怪。

拜扭曲的家庭所賜，導致我們都不相信愛情，也喜歡這樣沒有負擔的關係。

甚至連我當初從醫院辭職，來到台中，都沒有事先跟她說，因爲不需要。

所以我常想不通，我到底爲什麼會想起她？

✦

「孫承，我最近在考慮一件事，如果找樂團或是歌手來店裡表演，像我們以前那樣，你覺得如何？」開始在餐酒館工作後，某天蘇瑞希突然問我。

「我覺得很好。」我點點頭。

「那……」她頓了頓，「你願意上臺嗎？」

我一怔，我已經將近十年沒有碰吉他了，曾經有多喜愛，現在就有多陌生。猶豫了許久，我才緩緩點頭，「嗯。」

再次登臺表演，我的心情甚至比我第一次接觸臨床病患時還緊張。不過當我開始彈奏起樂器，很快便放鬆下來，我全心沉浸在音樂裡。

最後一個音符落下，我朝臺下一看，意外看到一張熟悉的面孔。

陳潔？

待掌聲結束，我走下舞臺，朝陳潔走去。

她略微勾起唇角，淡淡說道：「我不知道你會唱歌。」

「妳怎麼會來這裡？」我拉開她對面的空位坐下，開門見山問道。

「還有什麼原因能讓我特別從台北來台中吃晚餐？」她輕笑，「要陪我散散步嗎？」

我們走在附近的公園裡，今晚的夜空沒有任何雲層遮掩，風清月明。

「你爲什麼辭職？」

「我不想當醫生了。」我語帶自嘲，「當初我眞的不知道自己是哪根筋不對，居然爲了一個爛人改變了我的人生。我以爲我證明了自己足夠優秀，就可以當他的兒子，但過了這麼多年，我才終於看清事實——就算我成了醫生，在他眼裡我永遠什麼都不是。」

陳潔眉頭微皺，不發一語。

「反正我也回不去盛宇了，孫翰的事情是我爆料給媒體的。」

「那你之後打算怎麼辦？」

「還沒想好。」我聳聳肩，「過個普通、不怎麼樣的人生吧？這才是我該走的路，像我這樣性格扭曲的人，本來就不適合當醫生。」

她再次默不作聲。

「妳到底爲什麼會來這裡？」我停下腳步，「如果是因爲我們的關係……」

「你覺得我是特地找你上床的？」她挑眉，「想太多，你的技術沒那麼好。」

雖然明白這是陳潔向來的講話方式，但對於一個男人而言，實在有點傷自尊，「喂……」

「只是最近常想起你。」她抬眼看向我，扯了扯嘴角，「雖然你在醫院總是惹出一堆麻煩，但總覺得急診室少了你，好像哪裡不太對勁。」

聽到她突然說出這種帶著感情的話，我突然不曉得該怎麼回應。

她眼神落向我的手臂。離開醫院後，我不再刻意遮掩身上的刺青，手上的圖樣展露無遺，「我好像沒跟你說過吧？其實我很喜歡你身上的刺青。」

不只她沒有說過，而是從來沒有人這麼說。

這些爲了遮掩傷痕的刺青，就連在我眼裡都很難看。

月光灑落在她秀氣的臉龐，讓她添了一抹過去罕見的柔和。

大概是脫離了醫院的環境，又或者是因爲我們已經好幾個月沒見面，我總覺得此刻我們之間的氛圍和以往有些不同。

「總之，我也不知道我來幹麼，可能就只是想看看你而已。」陳潔露出似笑非笑的表情，「我知道你不想回盛宇工作，但是如果哪天你改變心意，急診室永遠都有你的位置。」

聽見她這句話，我眼眶一熱，鼻頭一酸。

這麼多年以來，我一直告訴自己，必須成爲醫生、必須比孫群更優秀，才能夠得到母親的愛、父親的認可，卻沒想到，原來只需要這樣簡單的一句話，就讓我覺得自己獲得肯定。

「人本來就不是完美的，你的價値該由自己判定，而不是交由其他人裁決。」她頓了頓，語氣難得帶些玩笑意味，「況且，誰說性格扭曲的人不能當醫生？你眼前不就站著一個例子嗎？」

我忍不住笑出聲，低聲道：「我今天才知道，原來妳也是有感情的人。」

「畢竟我終究還是人……」她望著我，眼裡映著我的倒影，「你也是。」

是啊，我也是。

那晚看著陳潔離去的背影，我不禁心想，也許有一天，我能找到一個願意眞心接納我的人，不論我的內心有多麼扭曲和醜陋不堪。

也許有一天，我也會擁有屬於我的幸福……

後記
陪伴你度過黑夜

這次寫後記的心情跟以往不太一樣。

以前是久違露面和大家打招呼，這次距離《有你的明天》出版卻只有幾個月，好像想說的不久前都說過了，現在反而有點詞窮。原來像我這樣創作速度緩慢的作者有一天也會有這樣的煩惱，是不是太幸運了XD？

好啦，還是來談一下這個故事。

《日落燦陽》能夠完結，甚至出版，大概是我寫作生涯裡最意外的成就了，因為在過往的那段日子裡，我都眞心認為這個故事不會有完結的那一天。

我仍記得去年在文章最後打上「全文完」時，內心那股不可置信的感覺。我居然眞的把這個陪伴我從大學到出社會的故事畫上句點了！

這也再次證明，只要有意志力，沒有什麼事情是不可能的。

雖然這個故事歷史悠久到我已經記不清它最初的雛形，但我知道現在你們手上拿著的版本，是我心中最完整的樣貌。因為不管是梁葳或是孫群，甚至是連載時一路被眾多讀者討厭的孫承，在實體書版本中，都擁有了屬於他們最完美的結局。

在這個世界依然因爲疫情而混亂的時刻出版，我希望這個故事可以帶給你們一點點的療癒、溫暖，或是勇氣。不論是像孫群一樣敞開心房、重拾夢想，像梁葳一樣在低潮中找到重新振作的力量，又或者是像孫承一樣，學會接受不完美的自己。

每個人都會有迷茫、痛苦，或是黑暗的時期，我們要記得提醒自己，可以不用那麼堅強，沒有關係。不用害怕被別人看到不光彩的一面，而選擇獨自承受、把自己壓得喘不過氣，因爲只要是人，總會有脆弱的時刻。

我也相信，我們都會找到願意陪我們度過黑夜的那個人。

一定會的。

這次出版，除了感謝編輯馥蔓跟辰柔讓這本書的文字更順暢精簡，我也想要謝謝我的家人。

過去幾個月，我的生活起起伏伏，不太順利，好像各種不好的事都被我遇到了，但很慶幸，這段期間我的家人一直陪在我身邊，當我的支柱。

從國中開始第一次在網路上發表小說，至今已經十年了，只有出版第一本書《噓，別告訴我》時意外被我媽發現，除此之外，現實生活中幾乎沒人知道我在寫文。我總覺得要是被認識的人知道，我可能會顧慮到別人的眼光，導致在寫文時綁手綁腳，而且由於我長期生活在英語環境中，周遭的朋友鮮少閱讀中文小說，就算告訴他們，也多半無法得到什麼共鳴。

不過也許是因爲這陣子發生太多事了，我最近特別想告訴家人自己一直持續在寫作，於是上個月我默默塞了一本我的小說到我爸手裡，告訴他：這是我寫的書。

他先是震驚，接著開始問我各種關於寫文的事，還突然冒出一句：「妹妹，妳眞的很棒！」

仔細想了想，無論是我申請上夢想的大學、提前畢業、進到大公司上班，跟我媽激動、開心、把我捧上天的反應相比，我爸總是很淡定，不是「嗯」就是「恭喜」，好像一切都是理所當然（老爸你眞的不要把畢業和工作想得那麼簡單耶），沒想到最後居然是出版書籍這件事換來他激動的稱讚XD。

雖然我想我爸媽在把我送到另一個國家念書時，應該沒想到我會寫中文小說，但我眞的很謝謝他們對我永遠都是無限地支持和包容，我愛你們（比心）。

會不會有一天，正在翻閱這本書、閱讀著這一段話的你，其實是我現實中的朋友呢？

雖然目前我還沒有做好向更多人坦白的準備，但我想未來一定會有這一天。在那之前，我會繼續當個稱職的創作者，寫更多好故事給大家。

每次心情不好的時候，只要想起自己是個有讀者的人，心裡還是覺得挺幸福的，眞的很謝謝一路以來支持我的你們。

今年依然是個不簡單的年，但在任何艱難的時刻，不論好事或壞事，終有它發生的原因，而我們要相信那個原因是好的，只是需要時間來證明。

不管你是本來就認識我的讀者，又或者你只是剛好在書店裡拿起這本書翻閱的陌生人，生活在這個時代、持續面對挑戰的我們都值得一個肯定。

我們都很棒了。

雨菓

國家圖書館出版品預行編目資料

日落燦陽／雨菓著. -- 初版. -- 臺北市：城邦原創股份有限公司出版：英屬蓋曼群島商家庭傳媒股份有限公司城邦分公司發行, 民 110.09
面；公分. --

ISBN 978-986-06868-3-8（平裝）

863.57　　110014190

日落燦陽

作　　者／雨菓
企畫選書／楊馥蔓
責任編輯／楊馥蔓、林辰柔

行銷業務／林政杰
總 編 輯／楊馥蔓
總 經 理／伍文翠
發 行 人／何飛鵬
法律顧問／元禾法律事務所　王子文律師
出　　版／城邦原創股份有限公司
台北市中山區民生東路二段 141 號 6 樓
電話：(02) 2509-5506　傳眞：(02) 2500-1933
E-mail：service@popo.tw
發　　行／英屬蓋曼群島商家庭傳媒股份有限公司城邦分公司
聯絡地址：台北市中山區民生東路二段 141 號 11 樓
書虫客服服務專線：(02) 25007718・(02) 25007719
24小時傳眞服務：(02) 25001990・(02) 25001991
服務時間：週一至週五09:30-12:00・13:30-17:00
郵撥帳號：19863813　戶名：書虫股份有限公司
讀者服務信箱 email：service@readingclub.com.tw
城邦讀書花園網址：www.cite.com.tw
香港發行所／城邦（香港）出版集團有限公司
地址：香港灣仔駱克道 193 號東超商業中心 1 樓
email：hkcite@biznetvigator.com
電話：(852)25086231　傳眞：(852) 25789337
馬新發行所／城邦（馬新）出版集團 Cité(M)Sdn. Bhd.
41, Jalan Radin Anum, Bandar Baru Sri Petaling,
57000 Kuala Lumpur, Malaysia.
電話：(603) 90578822　傳眞：(603) 90576622
email:cite@cite.com.my

封面設計／Gincy
電腦排版／游淑萍
印　　刷／漾格科技股份有限公司
經 銷 商／聯合發行股份有限公司
電話：(02)2917-8022　傳眞：(02)2911-0053

■ 2021 年（民 110）9月初版　　Printed in Taiwan

定價／280元

城邦讀書花園
www.cite.com.tw

ISBN　978-986-06868-3-8